SHADOWBAHN

Steve Erickson

〔美〕史蒂夫·埃里克森 著

青闰 译

著作权合同登记号 图字 01-2023-3772

图书在版编目(CIP)数据

双子塔魅影/(美)史蒂夫·埃里克森著;青闰译.
—北京:人民文学出版社,2023
ISBN 978-7-02-018255-8

Ⅰ.①双… Ⅱ.①史… ②青… Ⅲ.①长篇小说-美国-现代 Ⅳ.①I712.45

中国国家版本馆 CIP 数据核字(2023)第 177245 号

责任编辑 李 娜 郃莉莉
封面设计 钱 珺

出版发行 人民文学出版社
社 址 北京市朝内大街 166 号
邮 编 100705

印 刷 山东临沂新华印刷物流集团有限责任公司
经 销 全国新华书店等

字 数 225 千字
开 本 889 毫米×1194 毫米 1/32
印 张 9.875
版 次 2023 年 10 月北京第 1 版
印 次 2023 年 10 月第 1 次印刷

书 号 978-7-02-018255-8
定 价 59.00 元

如有印装质量问题,请与本社图书销售中心调换。电话:010－65233595

在那些日子里，要么是跟音乐共存，要么是跟噪音同亡，而我们倒渴望去选择生活。

——拉尔夫·埃利森[1]

美国啊，梅花正纷纷坠落……
我不愿放弃自己的执着。

——艾伦·金斯堡[2]

① 拉尔夫·埃利森（1914—1994），美国黑人作家、二十世纪最有影响的美国小说家之一。代表作有《看不见的人》《影子与行动》《走向领地》。

② 艾伦·金斯堡（1926—1997），美国诗人、“垮掉派”代表人物、文学运动领袖。代表作有诗集《嚎叫》。

目 录

一

情人渡

事情不会仅仅烟消——

……但是，还没等亚伦[①]说完，她就挂断了电话。“到底是什么……?”说着，他沮丧不安地盯着自己的手机，努力回忆她以前挂没挂断过他的电话。他一边给卡车的油箱加满油并移开加油泵的管嘴，一边思索着这是如何变成了那种争论、他的妻子因此挂断了电话的。他拖着身子爬回驾驶座，心里在想，大概这真的是那种有关局外之事的争论吧。

他启动了点火装置，调低了无线电上怀旧金曲台的音量，察看着后视镜，烦躁地坐了一会儿。另一辆卡车等着他驶离加油泵。亚伦还记得，当时他打算从加油站的便利店买一份炸面圈和红牛饮料，集中摄取一些糖和咖啡因，使他走完到拉皮德城[②]去的剩余的路程。

---

① 亚伦，《圣经》中摩西的哥哥，相传是犹太教的第一个大祭司。作者用“亚伦”一名贯穿作品始终，具有特定的寓意。

② 拉皮德城，美国南达科他州西南部的一座城市，位于怀俄明州州界以东七十公里处。

无名之歌

他瞅了瞅手机，看她发没发短信。“我道他妈的什么歉啊！”他毫无所指地大声说道。他没买炸面圈和红牛饮料，驾驶红色卡车悄然回到90号州际公路，车上贴有金色的赛车条纹，保险杠上的小标语写的是“美国自救”。当初贴上贴纸标语的时候，他还以为自己明白那是什么意思了呢。从那以后，他却越想越没把握了。

亚伦想起了他有一次开车时睡着的情景。时间可能不超过两秒钟，却足够使他开始偏离道路，直到另一辆卡车嘟嘟嘟的鸣笛声把他惊醒。等他走完了这条线路，他的心脏才不再咚咚直跳：如果你想在剩下的路程中完全唤醒自己，那就试着趴在方向盘上睡一会儿。这时候，一对男女在无线电上向对方各唱各的曲，而不是相互对唱，他们大概各有各的理。她挂了我的电话，他心里想道，去他妈的，我才不会道歉呢。但是，他以前跟希拉·安吵过几次架，而且他知道，等怒火渐渐平息之后，如果她还没有在他横跨密苏里河的张伯伦桥后发来短信，那他就会打过去。

夏日美酒

还有没有什么不对劲的事儿呢？他感到纳闷，她还因为什么生气？难道这场争吵真的是有关他的钱包突然从夹克里不翼而飞这种区区小事吗？哪怕现在他是个没有什么身份地位的司机。那对在无线电上各唱各曲的男女并不完全是在吵架。这有点儿像一首牛仔歌，但又不完全是五十年前间谍电影里小号连复段[①]引起的那种幻觉——亚伦尽管不关心音乐，但也不会那样划分音乐。相反，他旁听到了那个故事，故事说的是那个牛仔用任何人都没听到过的最深沉的声音歌唱……

……听到了那个女人用草莓、樱桃以及春天的天使之吻酿制的酒引诱他，这样她就能趁他睡着时偷走他的银色踢马刺了。对于跟希拉·安的对话，亚伦懊悔地暗自承认，我知道，如果我开诚布公，事情就不会仅仅烟消云散，这种说法不对。如果说我开诚布公并在生活中学到了什么东西的话，那就是事情总会烟消云散。

那个在无线电上唱歌的女人使亚伦想起，这是夏季的最后几天，再过九天就是秋天了。

① 连复段，通常指旋律线清晰的简短乐句，循环反复，搭建起整首歌的框架。

穿越宽阔的密苏里

他并不留心电台放的音乐，那不过是陪伴他并使他保持清醒的某种背景音乐。“一曲终了，”他大声说道，“问我刚才听到了什么，我对此一无所知。”相反，有时候他会听电台听众热线节目，直到节目变得过于狂热，或者像现在民用波段无线电出了故障，亚伦试了试，无济于事，得返回米切尔[①]让人修理。他四十来岁，每星期至少三次驱车开上 90 号州际公路往返两地，如果生意兴隆，有时候他能来往四五趟。有时候，当车流量达到最大值，或者仅仅因为他喜欢这样做的时候，他会把车开到 44 号公路，穿过布法罗加普[②]那边的平原。

他一路西行，卡车的驾驶室里正对着一百英里开外他能够看到的任何东西，对准被一点点白色水汽侵染并迫近地平线的那片蓝色——没有多少云彩，因为天空中很久都没有云彩了，更不要说下雨。44 号公路上挂着印有“分裂”字样的旗帜，亚伦越往西走，旗帜的数量就越多。后来他就会想，在争论钱包消失得无影无踪的那天早上，他怎么可能错过自己面前一马平川的平原上两座各有四分之一英里高的摩天大楼呢：从亚伦世纪的鼻孔里呼出的是亚伦国的气息。

---

① 米切尔，美国堪萨斯州北部的一个县。

② 布法罗加普，美国南达科他州的一座城市。

所有我们的审判

很快，景色一如既往地显示出自身变化的迹象。喷出的一股股熔岩、垂死小行星的一块块爆炸碎片、地质红和地质金的一道道划伤，使他的卡车变得像变色龙一般。一曲终了，我对刚才听到了什么一无所知，但他依然记得他开车倒头睡去时无线电上播放的是什么，那是一首由有史以来最著名的歌唱家演唱的灵歌与民谣的混合曲:《那里的旧时光没被遗忘，请把脸转过去》《他的真理正在阔步前进》以及第三首《所有我的审判很快就要结束》。

在那次倒头睡去的两秒钟里，亚伦做了个梦，这个梦持续了几个小时，在梦中这首歌像一条黑色隧道出现在他面前的公路上。当然，他现在完全不知道隧道通向哪里，不知道它是不是通向任何地方，也不知道它有没有终点，因为他被另一辆卡车的鸣笛声惊醒，眼前并没有任何隧道。

突然出现

到了下午三点左右——从苏瀑布城[①]到拉皮德城的五个小时车程接近尾声——亚伦既没有给妻子打电话，也没有收到她的信息。他疲惫不堪，在张伯伦镇[②]自斟自饮了两杯星巴克浓咖啡，显得既激动又迷糊。但是，他猛地踩下卡车的刹车，懒得去察看后视镜里有没有人在他的身后，他知道自己不跟任何歌曲在同一频道。他不是在做梦，那东西突然出现在他的面前，他转过一处拐角，从一个山口进入南达科他州的崎岖地[③]，那里的岩石形状像星际蘑菇，山脊仿佛变异鬣蜥的脊骨，这他再也不能错过了。

他忘了把卡车停在公路边上。就停在了公路中央，呆呆地望了整整一分钟，睁眼闭眼又睁眼。卡车被抛在了公路中间，亚伦大步走到路边，好像再多走几英尺就能更明白他看到的一切似的。过了一会儿，他返回卡车驾驶室。反正他拿不准自己该怎么说，他记得民用波段无线电出了故障。他从口袋里掏出手机。“嘿。”她回话时他说。

---

① 苏瀑布城，也译为“苏福尔斯”，美国南达科他州东南部的一座城市。

② 张伯伦镇，位于美国弗吉尼亚州。

③ 崎岖地，是指美国南达科他州西南部及内布拉斯加州西北部一带的崎岖地区，也称为 Bad Lands。

听不见的歌

“嘿。”他听到她也回了一句，犹豫而又平静。

“呃……”

“唉，对不起……”停顿了一下，见他没有回应，她感到恼火，便又说道，“那好吧。”接着又停顿了一下。“亚伦？”见他还不回答，她对他的沉默既生气又担心，“到现在离拉皮德城一定很近了吧。”

“听着。”

“我真的对不起”——他虽然不耐烦，但又可能有些躁动不安？有时候他想知道她是不是想着他会不会离开她。

听着，因为他会听到那种音乐或类似的东西。

午后的太阳如一袭窗帘从天空滑落下来。亚伦端详手机上的小图标。“你用这东西怎么拍照？”他问，“这些东西会拍照，不是吗？”

“你听起来像你的妈妈，”她感到困惑，叹息道，“点击相机那个小图标。你打开图标了吗？把它对准任何东西，然后按下开……”

“我怎么把它发给你呢？”

“按下底部的小箭头……等会把它发给我……”

他比以往任何时候都更加斩钉截铁地对她说：“现在。你得看看这个，告诉我……”

“告诉你……”

“就是我没有失去理智。”但是，他知道自己没有失去理智，他在任何梦中都没有失去过理智。他不在任何隧道里。这时候，另一辆卡车从对面驶近——这辆卡车的前保险杠上挂着印有“分裂”字样的旗帜——也像亚伦的卡车那样猛然在路中央停下。司机像亚伦那样从卡车上下来，走到路边，揉了揉眼睛，仿佛置身于动画片里一般。然而，又有一辆车驶近了。而当亚伦转过身回头凝视的时候，公路上的其他汽车都开始停下来，乘客们纷纷拥出来，每个人的惊愕表情都浮现在思想的气球里。亚伦以为自己刚才听到的是那种音乐般的声音，他现在又听到了：*问我刚才听到了什么，我对此一无所知*，但这次不是。“是的，”他一边在那公路中间旋转着，一边指着双子塔，对每个听见、听不见的人喊道，“噢，是啊！把那个解释一下。”

如果就是凭空出现

是不是它们就不会凭空消失呢？已是下午三点左右了，从拂晓起已有几百辆汽车和卡车从这条路上驶过；亚伦在这条公路上行驶过好多次了，最近如此，上周末也是如此，他看到的只是令人望而生畏、完全不受人类活动干扰的崎岖地的地平线。但是，此刻，在他眼前，双子塔从火山峡谷中拔地而起，上面的窗户由四个水平的黑色条纹和垂直的灰色条纹构成，这些窗户狭窄到足以抵销这位日本裔美国建筑师对高度的莫名恐惧，因为是他设计了这座有史以来最高的建筑。

双子塔不仅仅是亚伦见过的最高的东西，因为他知道这说明不了什么。它们是大多数人见过的最高的东西，有二百二十层，高度相同，区别只在其中一栋的顶部有一根又伸出四百英尺高的巨大天线。这两块巨石已直耸云霄，即便是凶多吉少的地上巨石。亚伦把手机举回到自己的耳边。“明白吗？”他尽量心平气和地问道。

崎岖地

凡是看过以往二十年间的电视、互联网或历史书的人都会立刻认出这些建筑。她在电话的另一端终于说道："我不明白。"

他的声音渐渐有些急躁。"'你不明白'，你这话是什么意思？"该不会又要争吵了吧，他想，"你没看见吗？它们？"

"我的确看见了。它们。可是……你在哪里？"

"崎岖地 44 号公路。该死的，我差不多每天都开车经过同样的崎岖地，同样的 44 号公路。"

她说："也许它们是某种纪念碑……"

"纪念碑？"亚伦几乎半信半疑地喊道。

"就像拉什莫尔山[①]……"但是，她像他一样心知肚明，为此争吵没有什么意义。"行了，"他厉声说道，"它们是纪念碑。"她意识到他要挂断她的电话。"别挂。"她恳求道，亚伦能够听出她感到害怕，并且知道他也感到害怕。他环顾四周，周围人的惊诧迅速积聚，交通堵塞得愈发像个停车场。"它们看上去就像图片中的一样。"她说。

---

① 拉什莫尔山，位于美国南达科他州西部，山石上雕有华盛顿、杰斐逊、西奥多·罗斯福和林肯等四位总统的巨大头像。

退回发件人

她说："可是，那不可能是它们，实际上……当初它们倒下来时我才十七岁。"她还记得那天是星期二，"我是说，它们来自哪里？怎么会出现在南达科他州？"

"它们到底是怎么回事？"亚伦反问道。那时他刚满二十一岁。那个周末他的朋友们想带他出去喝酒，结果没去成。他把手机从耳边拿开了一会儿，想弄明白是怎么回事，然后朝双子塔的方向举起电话。"你听见那声音了吗？"

"只有你的无线电声。"

"我的车载无线电现在没有打开，民用波段电台也出了故障。它来自……"他喃喃自语，试图辨听出来，"那究竟是什么？"他不知道音乐到底是来自双子塔本身还是来自周围的地面。

"我想我听出来了。"她说。

"你了解我和音乐。"

"我们父母那代人听的一首歌，"她说，"或者是祖父母的……"她也开始哼唱起来。

"是的，就是那首。"等一下，他想，这我的确知道。

"地址不明……"她唱道。

"没有这个号……"他插话说。

"没有这个区……"

歌之塔（拉科他[①]）

或许他们听到的不是歌。它其实不是一种旋律，而且只是他们自己在唱歌词。其他人后来会说，“音乐”是从双子塔外面或双子塔周围响起的，甚至就像亚伦对希拉·安说的：“难道北极光不会发出某种声音吗？”——就像一首球体之歌。人们纷至沓来，先是几百人，接着是几千人，随后是上万人，从几百英里外乃至几千英里外，从全国各地、整个大陆乃至全世界，蜂拥而来，有些人听得见音乐，有些人听不见音乐。有些人听得见它形成一种可以辨听的旋律，有些人只听见杂乱的声响。

在接下来的日子里，人潮不断，有家人和独行侠，有信步者和车手，有司机、乘客和搭乘者，有汽车、房车和拖车，有班车、公共汽车和私人飞机，有新闻车、军用吉普车和空中侦察机，有选民、警察和先遣队，有平面设计师、好莱坞星探和江郎才尽的小说家，有神秘主义者、愤世嫉俗者和尚未做出最后裁决的陪审团，看着双子塔在一条长长的林荫国道的尽头赫然耸立。

① 拉科他，美国西部一个美洲原住民的民族，居住在今南达科他州和北达科他州。

长长的林荫道

走近去看，只见由钢筋和管道构成的建筑拔地而起，映衬着天空的蔚蓝色景观，好像不是凭空出现，而是像崎岖地的两座孤山，是着魔地带最迷人的样貌——影子石笋：朝天竖起一座拉科他万人冢的一块块墓碑。曾经团团围住双子塔的东西已经不复存在了。位于维西与韦斯特街的海关办公室、曾经位于自由与教会的小银行、万怡酒店以及地下商场，在那里，在二十年前的那个世界末日，一尾漏斗状火焰从九十层的电梯滑道上飞闪而下，然后爆炸开来，飞入大厅，几千名行人惊慌失措地跑过精品店、眼镜摊贩、报摊和自动取款机、街角书店和南塔对面另一个街角的音乐商店，音乐商店后面是花摊，之后经过曼哈顿上城通向河对面泽西城的地铁入口。当自动喷水灭火系统破裂的时候，一小股浪潮把所有人都席卷而去。那一天，在双子塔底部的人比在双子塔顶部的人对发生之事有一种更直接的感觉。今天，在这崎岖地，只剩下了双子塔本身和呼啸而过的大风，还有此刻在四万平方英尺的巨大地基上零散堆积着花岗岩和泥土，有那两栋建筑的三层高，就像坚硬的黑蜡间竖起两支蜡烛一般。

圣化 / 亵渎

美国巨石阵赫然占据了一家新闻周刊的封面。在现场的一部分人看来，双子塔代表地面的圣化。在另一些人看来，尤其是那些二十年前在双子塔里失去亲人的，双子塔则代表一种亵渎。有些遇难者的后代立即来到双子塔，而另一些人则保持距离，在千里之外观看电视和电脑，盼望着最细微的生命迹象，盼望那天身处双子塔内的人能像双子塔这样出现。

如果没有这样的迹象，媒体就会陷入沉默，故事在哪里开始，就会在哪里结束，除非有人——士兵、冒险家、政客、无政府主义者、义愤填膺的念旧者或勇敢无畏者——承担打破外围的责任。但是，没有人破坏任何一座建筑。某些团体要求总统介入，另一些团体又觉得她不该介入。每个人都见证了这对孪生幽灵，不管怎么说，有三千人的鬼魂出没那里。

我渴望听到你

聚集的人群默默地从远处观看着，也倾听着。在能够进行科学解释或社会学定义的真空中，建筑里传出的音乐对所发生之事进行着唯一解释或定义。来自弗吉尼亚州的帕特森一家四口听到从建筑中响起的歌声是《噢，情人渡》，歌名来自一位易洛魁族[①]人首领的名字——源自奥内达[②]语中表示“鹿角”的词——首领的女儿爱上了一名白人探险家。

伟大民族的变形之歌就像一则来自美国未来的音乐新闻简报，让人想起十九世纪密苏里河流域的掘金人，《噢，情人渡》是百歌合一的一首歌，这要看在过去两百年是谁曾经在某一时刻演唱或听过它：是先锋之歌、航行之歌、奴隶之歌、邦联之歌，也是一名法国商人为他的印度新娘唱的情歌。

---

① 易洛魁族，北美洲的一支印第安人。

② 奥内达，北美洲印第安人易洛魁族的一支。

第一次交替淡变

年长的已婚夫妇特雷西和琳达听到的旋律，后来才知道是什么——在返回上萨斯喀彻温省[①]小屋的路上，他们从一家餐厅的自动点唱机上听到了这首歌，这首歌名叫《午夜梦回》，不是哪位爵士乐大师的演绎，而是二十世纪五十年代一个圣贝纳迪诺[②]美女不出名的演绎。她是杂耍演员的女儿，她把一个遥远的欧洲首都当成自己的艺名，知道自己绝无可能去那里唱歌。

从盐湖城郊区的家出发，摩门教徒哈特曼一家（共七人）都听到了（至少六人，十个月大的婴儿无法表态）《纸醉金迷》，那是一首由一位意大利西部片作曲家创作的戏剧性很强的曲子，而年轻的奥尔蒂兹夫妇为去哪里度蜜月大吵了一架，阿图罗在他们婚姻的最后一场小小冲突中占了上风——他听到写于四十年代初期一首名叫《月雾》的作品的旋律；埃琳娜在她生活的大部分时间和地点都没有听说过艾灵顿公爵[③]。

---

① 萨斯喀彻温省，被誉为加拿大的“产粮之篮”，以牧场和麦田而闻名，位于加拿大中心地带。“萨斯喀彻温”是由早期印第安原住民提出的，意思是指“遍布境内的湍急河流”。

② 圣贝纳迪诺（San Bernardino），位于美国加州，有“南加州心脏”之称，也是加州大城市中最贫穷的城市。

③ 全名爱德华·肯尼迪·艾灵顿（Edward Kennedy Ellington，1899—1974），美国爵士乐作曲家、钢琴家、乐队指挥。《月雾》便是他创作的。

第二次交替淡变

身患绝症的贾斯廷·法伯六十有三，快六十四岁了，他敏锐地意识到自己永远活不到六十五岁，陪伴他的只有一条养了三年、取名叫“结局”的德国腊肠牧羊犬，当时他依然认为自己可以开开玩笑。这是他有生以来第一次听到一首名叫《燃烧的航空公司会给你更多》的歌曲，是由在七十年代风靡一时的英国摇滚歌手演唱，他后来成了环境音乐[①]先锋。努尔一家，来自埃及，是乐于接受新事物的逊尼派，花了好几天时间在互联网上搜索才确定他们听到的是一位故去很久的乡村音乐明星唱的《迷失的公路》；他们在同一家汽车旅馆遇到了来自田纳西州的拉姆西斯一家——简直巧得要命——那家人也想知道听到的是什么。是由被称为最伟大的阿拉伯女歌手演唱的《废墟》(*Al-Atlal*)。第一位被派往双子塔现场的法定权威蕾·贾尔丁警长听到了一声她无法辨听、令她感到恐惧的哨音。这是一首古老的三角洲蓝调歌曲，她从来都不知道歌名是什么。

二十三岁的白人哥哥和十五岁的黑人妹妹驾驶银色丰田凯美瑞，从洛杉矶出发，只打算去密歇根湖畔看望他们的母亲，仅仅听到了父亲旧播放表上的歌——旋律一路散落在他们身后。

---

① 环境音乐，也被称为氛围音乐，是一种通过细微韵律变化、长时间营造特定气氛的电子音乐，常用作背景音乐。

声波的天空

有足够多的人听到了音乐，反映出的集体心理学已无法忽视，每个人头脑中的声音都是一种声音视觉或听觉罗夏测验[①]。双子塔第一次出现不到几分钟，一架架直升机就赶到了，它们警惕地绕着旋转，确定那里既没有音乐的声浪，也没有任何自然的声浪。事实上，所有的数据和仪器都表明这两座建筑发不出任何振动或频率，不仅被寂静包围，而且吸收了它们附近的每一次振动和频率。

这与其说是一个黑洞，不如说是科学家们很快将其称为“安静旋涡”的一种东西。那是一个不准确的说法，因为即便是安静，也有一种听觉存在，会在建筑物的空间内坍塌。但是，当这位来自洛杉矶的白人哥哥和他的黑人妹妹驾驶银色凯美瑞，向位于密歇根湖畔他们的母亲那里长途挺进的时候，他们像特雷西和琳达，像贾斯廷和帕特森，像哈特曼一家和奥尔蒂兹夫妇，像努尔一家和拉姆西斯一家，也像其他成百上千的人那样，被吸引到了崎岖地的安静旋涡，寂静随着地平线降临在崎岖地上。

---

① 罗夏测验，全称罗夏墨迹测验（Rorschach inkblot test），用来测知受测者的人格结构。

都灵

在双子塔出现的第三天，一架新闻直升机盘旋着航拍了一张照片，南塔高楼窗边似乎有个人影。这立即被政府官员视为一种模糊的虚影，一种光的把戏。在接下来的几个小时里，随着新闻台对图像进行深入研究，这张照片被称为“都灵效应”，双子塔反映出人们的愿景：要么是渴望，要么不敢相信。

放大、解码、拉近和拉远，从各种可能的角度和视角，对照片进行数字推断和重新评估。一份情报泄露显示，事实上，某些分析者并不完全认同政府的官方立场。一种推测是，在双子塔最初显现时（不知到底是什么时候），有人偷偷溜进了塔内，这迫使人们又去回看最早拍下的镜头。在九月那个致命的早晨，因双子塔倒塌而死亡的人的后代要求对这幅图像的存在和来源做出更有说服力的解释。

未唱之歌

防空监视系统、密集的媒体报道，以及无数业余摄影者锲而不舍地搜索着南塔的高层，只为再次看到那儿的人影。几个小时过去了，塔内没有新的生命迹象。慢慢地，人们达成共同的结论——有些人感到遗憾，有些人感到欣慰——没有人在那里。

当杰西·加隆·普雷斯利在南塔九十三层醒来时——第一个清醒的瞬间，不是完全清醒，他睡在会议桌上，眼角余光看到了它，就在北边的窗户外面：一架巨大的波音 767 客机像一轮银色的太阳一样直冲他飞来，咆哮的死亡巨兽比我们所能理解的还要快，因为一旦杰西理解了他看到的东西，它就会消失，而且他根本没有理由相信自己看到了它。

记不起的歌

如果杰西对眼前的处境能摸到一点点头绪就好了。看到九十三层窗外的飞机，他闭上了眼睛，好几秒钟过去了，他还没有像火球一样飞上天，等他再次睁开眼睛的时候，飞机已经不在那里，他肯定自己是做了个梦。他费劲地坐起来，头晕目眩，浑身酸痛。到底是怎么回事，就像我睡在一块该死的墓碑或类似的东西上，他指的是会议桌，会议桌周围还有几十张办公桌，占满了九十三层废弃的办公空间。再说我还没准备好，他继续自言自语，去开始问其他问题，比如这是什么地方、我怎么到这里来的，对了，还有我到底是谁。尤其是这最后一个问题。

不久以后，他就会想起自己的名字。但是，首先他要从睡眠中解脱出来，如果这也算是睡眠的话。他巡视着地面，徘徊在桌子之间的过道里，出于紧张的冲动，漫无目的地拿起几部电话，直到真把一部电话举到自己的耳边，才发现电话线断了。隔壁桌子上的另一部电话的线也断了，后面的那部电话以及所有该死的电话肯定也都断了。他再次望向窗外，梦见自己看见了飞机的窗子，下午的太阳在远处的大地上愈发西斜，以某种方式照在玻璃上，他看见了自己的映像。

无家之歌

“这么说，你是好看的坏蛋喽。”他一边满意地撇嘴冷笑，一边指着自己摆了个姿态。但是，他做不到，这不是他的做派。自从亲爱的离开了我，我就找了个新住处，他的脑中回荡着这样的旋律，他最初以为那是他自己的声音——而当他想大声重复的时候，却做不到。他不能用一首曲子来拯救自己的生命，甚至不能借此宣称自己的生命属于自己。“那好吧，”他说，“这么说，我不能唱歌了——究竟是谁说过我能唱?”之后，他的脑海里的声音以力量、信念和完美的音准回答了他，它在僻静的街头，他脑海里的声音是他的，却又不是他的；杰西几乎没有意识到他的疯狂才刚刚开始。

这座建筑是在向人挑衅：缺乏功能，排除了自身的任何功能。水槽里干涸的水管引起了杰西的警觉，他最后找到了一个急救室，里面放满了瓶装水和罐头食品，他尽其所能地确定其中一部分来自曾是与政府相关的农业机构。没有电，没有电灯，没有暖气，也没有空调，只有一个例外，那就是他在其中一张书桌的抽屉里发现了一台使用电池供电的晶体管小收音机。他得提醒自己什么是晶体管收音机。当他打开收音机的时候，它产生了静电。零星的旋律不时回响着。

荒芜之歌

这座建筑没有露出其他任何被破坏的迹象。既没有瓦砾，也没有混乱，一切都井井有条，桌上整齐地摆放着文件和镶框的照片，这是很久以前在世界其他地方——欧洲、亚洲、南美洲——的家庭照片。回到他第一次醒来的那一层，一排排桌椅被分割成了半隔间，还有一间用玻璃隔开的会议室，看样子办公室是一家国际“风险管控”公司的。他不知道这意味着什么，也不知道这家公司管控着什么样的风险，显然是没能管控好最大的风险。其中一张桌子上摆放着一幅女人的画像，落款是安东尼，爱你的帕梅拉。

杰西说：“好吧，帕梅拉宝贝。我现在简直觉得我们已经见过面了，如果我真能把我这个可怜的自己从这里弄出去，也许我就可以抽时间去找你，你觉得怎么样？”他无法知道，双子塔倒塌已过去二十年，帕梅拉已经死于卵巢癌，她无情而又荒谬地认为她这是自作自受。九月的那天，她在伦敦一次漫长的午餐时间结束后听到了双子塔的消息，其间她刚刚见了一位男性情人和另一位刚刚认识的女性。那是一位出生于中国的艺术家，嫁给了金斯顿大学的一位教授，而帕梅拉在同一个大学做人力资源工作。

禁歌

帕梅拉离开酒店房间后刚坐上出租车，司机就对她说了纽约发生的事情。在接下来的三十六个小时里，她一次次拼命地给丈夫打电话，她一直不相信这个消息是真的。日复一日，周复一周，月复一月，年复一年，她常常会抱住双臂，仿佛抱着自身的某个部位一般。当悲伤而非内疚渐渐退去，帕梅拉发现自己转向的不是她只又见过一次的男友，而是那个亚洲艺术家，在她看来，对方展现的艺术活力与自己的期望符合。这段关系最终在一天凌晨结束，因为那位艺术家承认，在后来的几个月里，她一遍又一遍地看飞机撞进双子塔的画面，因为她不禁觉得它很美。帕梅拉是美国人，她在纽约遇到了安东尼，并跟他一起回到了伦敦。后来，他被公司派回了曼哈顿分部暂时工作；也就是说，二人互换了工作地。帕梅拉死前想到，她最爱安东尼的时刻可能就是他们第一次见面的那个晚上，当时他们随着一首名叫《情不自禁坠入爱河》的歌曲翩翩起舞，她情不自禁坠入了爱河。

不羁之歌

在模糊地意识到九十三层有多高之后，杰西终于不再凝视塔窗上自己的映像，而是久久地凝望着达科他州的荒凉地带。遥远崎岖、像月球表面一样荒凉的地方，那东西小得大概像一只跳蚤那样爬行——跳蚤要是能飞得这么高的话——在玻璃的另一侧，他明白他可能看不出那东西是一辆贴有金色赛车条纹的红色卡车，那辆卡车属于一个名叫亚伦的人，这个名字碰巧是杰西双胞胎死胎弟弟的中间名——删去一个字母 a。

几个小时后，还在塔里的杰西从黑洞洞、又高又窄的垂直窗口望着人群在缺口上移动。他看到的不应该是人群，因为从九十三层上看，不可能有所谓的“人群”，人群是由一个个人组成的。从九十三层望不见单独的一个人，就像下面的人可能看不到置身于一千英尺高处的杰西一样。

那真是另一首歌

在他窗外，聚起越来越多的人，只是需要一段时间才能最终认出他们是人。从杰西所在的地方看不见有人举手致意，就像下面没有人能看到他不时地向他们挥手一样。他们是谁？他们想干什么？他感到纳闷，如果他们知道他在那里，说不定他们也有这样的疑问。

他趴在他第一次醒来时的会议桌上，两只拳头托着下巴，他说："唉，我真不知道该怎么解释这一切。"在接下来的几天里，他不时地继续这样大声说话，从来拿不准自己是在跟谁讲话；他不确定能不能说他是在自言自语，因为他压根不知道那是谁。"啊——！"他对着脑海里的歌声大声喊叫，即使在他睡觉的时候，那也不会……住……口。他双手紧紧地捂住耳朵。

心中无梦

那个声音。他的脑海里的那个声音。那个声音从他失去的另一半自我中响起，那一半胎儿状小贝壳蜷缩在厨房桌上的旧鞋盒里，就在杰西的母亲生下双胞胎儿子的床边。狼的呼噜声和野猫的呻吟声，那个声音冲着杰西低吟（你听说了这个消息吗?），宣布其请愿书，并要求其量刑标准，用闺房圣歌、女鬼[1]赞美诗和牛仔颂歌（蓝月亮，你看见我独自站立）的迷人歌声呼唤，在性别之间和岁月以外的某个地方颤抖着。这个声音回荡着自身的回声，无论是黑人还是白人，都说不准它是什么。它会毁掉进步的奸计，打破几十年的平庸局限（我落入了陷阱，走不出去），宣告趣味和欲望的发起猛攻（就像一条河那样流向大海）以及上帝和撒旦的兄弟重逢（这就是我在祈祷的）。声音存在于自身的死亡之前，在牧师小夜曲和雌雄同体摇篮曲中投下了自己的影子；它会打破对永恒的种种限制。它坚持娱乐，只是要以杰西的生存为代价。

① 女鬼，此处是指爱尔兰和苏格兰民间传说中的女鬼，其显形或哀号预示着家庭中将有人死亡。

没有我自己的歌

两天后，杰西试图逃跑。他从一层走到另一层，试图走出他不停徘徊的塔楼，走出他那歌声永不停息的脑海。他抱着转瞬即逝的希望，心想也许是塔楼在向他歌唱，如果他能逃离这里，他也就会逃脱那声音。但是，即使双手捂住耳朵，他也挡不住那个声音，也没有一部电梯通到底层。撬开塔楼中心塔尖的其中一扇门……

他发现自己正俯身凝视着相隔十五层的第七十八层，在那里可以换乘另一部电梯下到四十四层，到了那里再换乘一部电梯。他走上位于塔楼核心部位的楼梯，发现每一层的通道门都上着锁；他下得越远，脑海里的歌声就越响。到达六十七层的时候，他突然想到自己会一路爬到底，再也出不去——也回不到唯一对他开放的楼层——他将会被永远困在楼梯井里。

那真是另一种声音

他知道这其实不是塔楼在对他歌唱。尽管他脑中的那个声音从未停止，但有时候它唱得很低，他简直可以不用理睬它。有时候它只会轻轻哼唱。如果那真是他的声音，那就是一回事了；如果他的脑袋其实是别人的脑袋，则是另一回事。但是，他脑中的声音既是他自己的声音，又不是他自己的声音，而这是他无法忍受的：他的该隐[①]一样的脑中有一种亚伯[②]的声音。这个声音提醒杰西，他存在于别人的位置，是一个命运的怪物。

他从北面的一扇扇窗户看到另一座塔像海湾对面的一面镜子那样凝视着他，他突然想到，也许他就在那里回望着。一时间，他安慰自己，他之所以在那里，是因为他一想到杰西就发狂，就像杰西一想到他就发狂一样。不过，他几乎马上就更清楚了，他知道没有其他人，两座建筑里只有杰西，另一座塔的全部意义、另一座塔存在的全部理由，其实就是它的空无一物。

---

① 该隐，《圣经》中亚当和夏娃的长子，杀死了他的弟弟亚伯。

② 亚伯，《圣经》中亚当和夏娃的次子，被他的哥哥该隐杀死。

格拉迪斯[1]之爱

他大声坚持说："噢，该死的，如果我真的努力，我也能唱出来！"如果杰西的脑海里唱的声音和他的声音一模一样，那为什么不应该这样呢？因为即使在第三个晚上睡在长长的会议桌上做的梦里，他也一直在试图说服自己——尽管他不可能记得他见到她之前的样子。然而，他还是第一眼就马上认出了那个回应的女人。

"你永远不可能那样唱的。"那个穿着朴素又寒碜的长袍的女人突然站在他的面前，尖刻地坚持说道。他现在回忆起，她的头发向后梳，稍微向左边分开——她经常这样梳。她的脸与其说可爱，不如说漂亮；他父亲的五官实际上更好看。脏兮兮的长袍敞开，露出她的身体，她的大腿上沾满了鲜血。她一只胳膊抱着什么东西，他看不清。在杰西如此真实的梦中，她站立的地方周围都是办公桌和小隔间，在他看来，他知道她是更年轻的她，二十二岁（为了比她小四岁的丈夫，她不断地把自己的年龄减去几岁），如此年轻，他简直无法相信她曾经是一位母亲，更别说是他的母亲了。

---

① 格拉迪斯，寓意"公主"。

遇冷的歌

“只有他能那样唱。”她紧紧地抓住一张办公桌支撑自己说，“而你只不过是在他之前出生的影子而已。”她惊恐地看着尸体从她的大腿上滑下来，打量着她另一只胳膊上抱着的那包血淋淋的东西，意识到这是她刚刚生完孩子之后的那个时刻。

“妈妈？”

“你应该照顾他，杰西。你应该照顾好你的小弟弟，”她尽量冷静下来说，“你是第一个。你是老大。”

“妈妈，”他恳求道，“只差半小时！”

“差半小时，也是差一辈子。”她说，而他不知道这可能意味着什么。

“我自己才刚刚出生，”他乞求道，“除了整整三十来分钟，我也是个不折不扣的新手——我怎么能帮上忙呢？我怎么能把他从我自己刚刚离开的子宫里救出来呢？”

“如果有人应该活着的话，”她怒火中烧，“那就是他。如果你像真正的大哥哥那样照顾他，那就应该是他。你觉得那外面所有那些人……”她松开办公桌，在他站立的地方摇摇晃晃，她站在那里的时间足够长，指着她身后窗外的几千个闪耀的火炬，火炬延伸到了遥远的夜晚，火焰在最黑暗的、看不见的地平线上变成了点点繁星。“在等着你？噢，当然，你看起来像他。”她双臂合拢，固定住怀里抱着的血淋淋的东西，“我想，你说话的时候，不错，那就是他的声音。我想你也有他的一两种风度吧。不过，尽管你跟他长得一样，但你没有他那样漂亮，漂亮不仅仅是一张脸……你不会有同样的天使般的咆哮。尽管你有他的声音，但你没有他的歌声。你是你父亲的儿子，但他是我的儿子，对不起，而这并不是你造成的，不是，”她举起怀里抱着的双胞胎中的那个死胎，“那应该是他。”

梦想不到的歌

“噢，妈妈，不要。”他捂住耳朵，闭上眼睛，大声喊道，他母亲的幻象释放出了洪水般清醒的记忆。搬到孟菲斯[①]。那一年，他的爸爸因篡改薪金支票而锒铛入狱。与他出生的地方没有水管的两室小屋相比，这个小公共住房单元有如一座宫殿。双胞胎中那个死胎躺在厨桌上的鞋盒里，他的母亲整夜哭泣，说她失去的不可能是杰西。他的孪生弟弟在普莱斯维尔公墓图佩洛简陋的小坟墓里，杰西看着他的尿浸透了那里掩蔽的泥土，想象着它正在玷污婴儿的骨头。

杰西还记得星期天早上母亲想把他拖到教堂、他拒绝接受的情景。有几次，他徒劳地借用上帝的名字，不仅冒犯了她，而且冒犯了她对上帝的记忆，仿佛要把任何人对上帝的神圣记忆都亵渎成虚无一样。在孟菲斯市休谟高中，杰西是头号风流人物。在那里，作为他父亲的儿子，他把能从教室里、走廊上、路边乃至白杨大道上抓住的每个小男孩都吓坏了。

---

① 孟菲斯，美国田纳西州的一座城市，也是田纳西州最大的城市。

不可饶恕的歌

那天下午在油漆厂，他被学校开除了，年轻的杰西告诉他的父亲："没有人想要我待在这里。"他期待着他的爸爸像往常那样一无所答。

"我知道，"弗农说，"除了我。"

"他们所有人，"说着，杰西转过身，看着太阳在他身后投下的影子，那不是他的影子，"他们所有人都想让我为没有成为他而付出代价。"

他的父亲回答说："我知道，孩子。他们想让你永远付出代价……"说着，杰西自己醒了过来，不知道自己怎么会做这样一个噩梦。

他摇摇晃晃地从会议桌走到"梦里"她站立的地方。他发现了地毯上明白无误的血迹，怀疑血迹是不是一直都在那里，他对她的印象是不是由此而加深。但是，他更清楚歌声何时再次响起。是我教她哭泣，如果希望她的魔力能降服你，而且杰西差点儿从一张桌子上拿出一把开信刀，把它从他的耳朵塞进大脑，以切断那种声音。要不是他自己的话，他就会一头扎向窗户，真希望撞碎窗户。但是，他不是从波士顿飞往洛杉矶的联合航空 175 航班的乘客；杰西被弹离窗户之后，在角落里蜷缩成了一团。

我搭乘的火车，十六节车厢长。

走最好的公路

在八百英里开外四分之一英里下面，十五岁的齐玛和二十三岁的帕克正驾驶银色凯美瑞，离开弗拉格斯塔夫[①]，上了40号州际公路，这时候她正看着手机上的新闻。"双子塔，"她告诉她的哥哥，"刚刚出现在南达科他州。"

与拉姆西斯、努尔、奥尔蒂兹、哈特曼和帕特森不一样，与贾斯廷、琳达和特雷西不一样，齐玛和帕克的旅程并不是为了去崎岖地。在从洛杉矶到密歇根湖去看望母亲的路上，兄妹俩打算从位于如今荒凉的圣莫尼卡码头[②]的原点出发，驱车沿着66号老路横穿美国。

① 弗拉格斯塔夫，又译为旗杆市，是美国亚利桑那州北部的一座城市。该市具有活跃的文化氛围，每年九月至次年四月都会有相关的音乐会，夏季还会举办多场音乐节，吸引了无数民俗与现代声学音乐家。

② 圣莫尼卡码头，位于美国加州圣莫尼卡市，是一个集娱乐，餐饮和购物于一体的休闲码头，始建于二十世纪初期。

振作起来……

现在播放汽车音响，这是他们的父母亲过去常听的一首歌，他们的父亲更喜欢二十世纪四十年代的黑人钢琴演奏者的版本，而他们的母亲则喜欢来自伦敦的二十世纪六十年代白人乐队的版本。不管怎样，帕克此刻懊丧地沉思着，每当他过去常听的嘻哈艺人唱着他们的劲歌的时候，这些老歌手就不再那么令他着迷了。一家人一起驱车沿着66号公路行驶，曾经是他们母亲的梦想，因为她总是喜欢66号公路的故事。

然而，由于洛杉矶的沙尘暴从后视镜中腾起，加上一箱违禁水被边防人员查封，因此在加州边界被拦截后，兄妹俩只好放弃了这条路线。帕克说："别告诉妈妈。"当他们在大峡谷南部附近绕行的时候，齐玛罕见地跟哥哥达成了一致，她看着自己的手机。"你听见我刚才说的话了吗？"她问道。他开大车里的音乐，她又把音乐关小了点儿。"听见了，"帕克不耐烦地回答，"双子塔刚刚出现在南达科他州。"

二十世纪

她喊道："噢，我的天哪，还有两千英里，咱们别去了！"

"那么，"他说出了一直困扰着他的事情，"每当我们尝试寻找一家汽车旅馆的时候，我们会不会碰到昨晚遇到的事情呢？"

"那是我的过错吗？"见他没有回答，她从副驾驶座上坐起来，重复道，"等一等。那是我的过错吗？"

"我没有那么说。"他瞥了她一眼。

"看路。"

"我是这么说的吗？"

"请你看路好吗？"

"我在看着路呢。"

"你没有在看。"

停顿了一会儿，他说："咱们每天晚上都得订两个房间吗？还没等走到半路，咱们就会没钱的。"当弗拉格斯塔夫市的那家汽车旅馆拒绝给他们开一个单间的时候，火暴脾气的帕克几乎向前台后面的店主猛扑过去，齐玛把他拽了回来。"有点儿像他妈的二十世纪，不是吗？"帕克对汽车旅馆经理大发雷霆，汽车旅馆经理一边大喊着要把未成年女孩们送过州界线，一边愤怒地指着齐玛。帕克想打断那个人的手指。直到妹妹把帕克拽到外面，他才醒过神来。"未成年？"他困惑地看着她问道。

第三次交替淡变

齐玛说："你不明白吗？这不是种族问题，"即使她没有感到丢脸，帕克脸上的恐惧也会让她发笑，"嗯，我们看起来完全不像兄妹俩。"她推理道。

帕克考虑了一下，然后宣布："这是我听过的最恶心的事儿。"

"我也是，伙计。咱们去下一个地方，好吗？"

但是，到了下一个地方，他们最后还是要了两间。齐玛在学生证上用的是母亲的姓，帕克的驾驶执照上用的则是父亲的姓，她是黑人，他是白人，问题变得更加复杂。"你为什么不保留爸爸的姓？"帕克在温斯洛外面一边开车，一边埋怨，"你直到七年级或什么时候都用它啊。"

"我喜欢妈妈的姓，"齐玛平静地回答。然后又说道："我又不是非得选择妈妈，而不选择爸爸。"

示巴之歌

她说："不管怎么说，南达科他州在哪里？"

"我们为什么要去？"

"双子塔，"她把电话推给他说，"瞧。"

"呃，想法开车过来……"

"瞧。"她把电话举在他面前，他一把推开。"上帝啊，示巴！"他喊道，然后纠正自己——"齐玛"——他压低嗓音。她两岁时他们从埃塞俄比亚收养了她，此后多年家人都叫她示巴，就像公元前一千年的女王一样。现在让姓氏的混乱变得更加复杂的是，帕克的妹妹用了她的阿姆哈拉语[①]本名……所以我们应该怎么直截了当地称呼她呢？帕克恼火地问道。

如果她至少保持原来的姓氏，我们也许就能一起住该死的汽车旅馆单间了，他想。齐玛坚持拿着电话，他从她的手里夺过电话，突然转身去看。她喊道："看路！"

"是你把你该死的手机推到我脸上的！"他瞥了一眼电话说，"好了，我明白了。是啊，看起来就像双子塔。"

"他们不知道它们是真正的双子塔还是……"

"好了，它们不可能是真正的双子塔，"他回答说，"它们可能是吗？相信我，我看见它们倒下了。"

---

① 阿姆哈拉语，非洲埃塞俄比亚官方语言。

召唤（一）

他并没有真正看见它们倒下来，但这是一件他能向她解释的事情，因为这发生在她出生前五年。当时他才三岁，住在洛杉矶郊外的峡谷里；像其他父母亲一样，他的父母亲那天不让他上学。在随后的几个小时里，整个国家都认为飞机是从天上掉下来的。他们不允许他看电视，在齐玛到来后的几年里，他们的父亲不让她看视频，直到他不在的时候她最后把视频上传到了YouTube上。

这时候，在车里，帕克忘记了双子塔之事，直到他给女朋友发短信——她最近入住温哥华的一家康复中心，测试他们的关系——她唯一的回答就是问他看没看到这条新闻。兄妹俩在去阿尔伯克基[①]的公路上随便吃了几口三明治，希望在那里过夜。

“到现在为止，它们与实际的双子塔完全相同。”她一边说，一边喝着可乐。

“谁说的？”帕克回答，“我甚至不知道那是什么意思。”

“我也不知道。”齐玛表示同意，她说，“我们要走了。”帕克

① 阿尔伯克基，美国新墨西哥州最大的城市，位于新墨西哥州中部地区，横跨格兰德河两岸。

摇了摇头——就像妈妈那样——想起他们的父亲，他微微一笑。他们的父亲总是告诉帕克，如果说有人像他母亲的话，那就是她的儿子。

条形码

在灰色外墙的衬托下，阿尔伯克基以西的一家汽车旅馆用黑色字母自行标识着：**汽车旅馆**。太普通了，帕克若有所思地说，“它旁边居然没有条形码，我感到意外。”他和齐玛通过汽车挡风玻璃端详着那些字母；帕克是艺术生，也是概念论者，他喜欢条形码的想法，忍住了给汽车旅馆打上一个标签的冲动。他的标签生涯在他像齐玛这么大年龄时就结束了，他因在峡谷岩石上喷漆而被一个警长逮到。

在汽车旅馆的登记“处”，齐玛负起责来，因为她觉得弗拉格斯塔夫那一幕可能重演。“他是我的哥哥，”她自信地向柜台后面的美洲原住民妇女解释道。女人看看这个十几岁的女孩，瞅瞅帕克，又瞧了瞧齐玛，说：“好吧。”帕克插话说：“她取了我们妈妈的姓，我们以前都有爸爸的姓，可是……”女人挥了挥手，齐玛说：“帕克，她说没事儿。她相信我们。”

“或者根本不在乎。”年轻人喃喃说道。

“嘿，”柜台后面的那个女人目光定定地看着他，“我相信你。”

入住单间

帕克让妹妹睡单人床。他把浴室里的几条毛巾和壁橱里一条备用的毛毯堆在地板上。两人吃了墨西哥外卖，之后帕克跟在温哥华接受治疗的女友互发短信，自己渐渐地沉入梦乡，齐玛躺在床上观看十九英寸的电视。她把所有八个频道都换了两遍，然后才定在——用她听不懂的西班牙语播报的新闻台——讲着崎岖地上的双子塔和成千上万人陷入困惑的故事。

关灯后，帕克在地板上打起了呼噜，齐玛从她床边的窗户望出去，在黑暗中看到一棵巨大的枯橡树和外面一堵低矮的石墙，看到石墙外面的仙人掌，看到沙漠风刮得山艾树呼呼作响。尽管第二天早上她意识到这一定是一场梦，但在夜里，她在目光所及的范围内眼睁睁地看着流离失所的纳瓦霍人[①]大批离去，几百位勇士及其妇女儿童在骑兵的枪口下走过汽车旅馆。

① 纳瓦霍人，美国印第安居民中人数最多的一支，散居在新墨西哥州西北部、亚利桑那州东北部和犹他州东南部。

查看地图

她醒来看到阳光，平淡地对着车窗重复她前一天在车里说过的话："咱们要走了。"她觉得裹着浴巾、蜷缩在一边的哥哥还在睡觉。"这你昨天说过了。"他在地板上回答。

两人对查看地图都不大在行。回到洛杉矶的时候，他把"密歇根"敲进了自己的手机，并以为这个装置能让他们在接下来的两千英里畅通无阻，现在帕克发现，查看一张真实的地图可能会产生一种知道他们在哪里的心理感觉。当他们再也拿不准自己将会在哪里投宿的时候，这会显得更加重要。

帕克把他过夜的毛巾和毯子扔到一边，将他们在金曼机场[①]一家便利店买的地图摊在地板上。他在地图周围爬了好几圈，才多少确定他和地图都指向了同一方向。

确定阿尔伯克基在新墨西哥州是一回事。但现在，研究地图——部分原因是，即使在一千五百英里开外，他也不愿给他的母亲一种"她没错"的满足感——帕克对妹妹隐瞒了更大的担忧，因为他对新闻足够关注，知道这里和密歇根州之间的麻烦比道路、路线和地图能够解决的麻烦还要多。

---

① 金曼机场，位于美国亚利桑那州莫哈维县。

时事动态

帕克没有告诉齐玛的是，这么多年来，他们的母亲想要沿着 66 号公路长途旅行，如果现在由她决定的话，那他们根本就不会开车上路了。在穿过亚利桑那州东北部和新墨西哥州西部的 40 号州际公路上，兄妹俩经过了一个个标志，旗杆上飘扬着印有“分裂”字样的旗帜，它们系在几棵藐视沙漠岩石的光秃秃的树上。直到她终于在条形码汽车旅馆的房间里越过地图望着他的时候，帕克也端详起他的妹妹。

他默默地琢磨着尚未穿越的边界。他默默地琢磨着尚且等待的边防巡逻队以及遍布堪萨斯州、俄克拉荷马州、得克萨斯州的分裂带，兄妹俩需要在那里的狭长地带走 83 号公路，经过阿马里洛[①]，然后一路向北，前往南达科他州——或者是帕克所能决定的最好结果，因为与任何一个在二十一世纪的时间范围内出生的人相比，他没有更多的忍耐力去搞清这些事情。“爸爸总是说家里谁都没有耐心。”帕克沉思道，对齐玛没有任何期待，尽管汽车音响里有旧播放表，但她对提到父亲时很少有回应。所以，当她咕哝着回答“好像他是这样做”的时候，这让他感到吃惊。

---

① 阿马里洛，美国得克萨斯州西北部工商业城市，位于得克萨斯州西北部干旱、平坦的潘汉德尔高原中心地带。

混音国家

当齐玛把父亲的播放表下载到汽车音响上的时候，帕克对能开始这次旅行感到惊讶。帕克试图在那辆开了十四年、行驶了二十万英里的凯美瑞找到一家电台，齐玛本来无动于衷，她的哥哥提倡什么，齐玛通常都会反对。

他斜了她一眼，尽量说得漫不经心："是爸爸的播放表。"见齐玛没有回答，他又追问道："还记得他一直想升级音响系统吗？我们总是对他说他的无聊音……"

"我还记得。"她厉声说道。现在，当他们穿越纳瓦霍和阿科马[①]的土地的时候，立体声音响里出现了播放表中名叫《小妹》的歌曲。帕克把它关了。"不需要任何有关小妹的歌，谢谢你。"他告诉小妹。

"他不是在唱*他的*小妹，"她解释说，"他唱的是……"

"我知道他在唱什么，"帕克说，听到齐玛回嘴，他有点儿吃惊，"爸爸爱这个家伙。"这是多年来他所能记起的关于他们父亲她说的第一句话。

---

① 阿科马，美国新墨西哥州中西部印第安村庄，位于阿尔伯克基西方的保留区，以坯石住房呈阶梯状，建在陡峭的孤山顶部，享有"空中城市"的美称。

尽管他不想阻止，但他还是忍不住回答："你爱这个家伙。"

"什么？"

"你爱过这个家伙。"他语气坚决。

"呃，我……"然而，即便是齐玛也知道自己的异议听起来有些犹豫。

"一开始是那个红头发、穿裙子的英国人，"帕克说，"然后就是他了。"他指着立体音响："爸爸喜欢他，你爱他。"

帕克认为这很典型，从他记事以来，他们第一次谈论父亲时通常都是争论他的音乐。"爸爸喜欢的，"帕克接着说道，"是二十世纪六十年代那些毫无意义的东西。海象……和……"

"海象？"

"关键是爸爸非常喜欢他，"他又一次指着音响上那个歌手说，"可是，你把他挂在卧室墙上了。你在生日派对上唱了他所有的歌。牛仔裤精灵出去了，猎犬进来了。你七岁时迷上了他的颧骨，后来你就把我们的脸全都弄黑了。"

图形均衡器（特定频率）

齐玛看着他。“对不起，你说什么？”

“没关系。”他回答说。

“等一等……”

“我没有任何意思，”帕克生气地执意说道，“算了吧，我收回它，”他喃喃地说，“我原来比你还黑。”两人都不记得他们曾经有过这样一次对话，但他们从来没有就任何事情进行过一次真正的对话。

她的确隐约记得她八岁时墙上贴的一张海报：这位歌手是个牛仔，从枪套里掏出一把六响枪，仿佛在一场西部枪战中一样，没有牛仔帽、长袖扣衬衫、靴子和双腰带牛仔裤。图像被复制，不是正对着相机看，而是有点儿偏右。

她的种族认同感就是那个时候开始发扬光大的。当她从父亲带她去看的传记片中得知二十世纪四十年代的黑人棒球运动员的时候，非洲裔美国人部长们被纷纷击中。大约就是在那个时候，她开始越发意识到自己是个黑人女孩，她们的母亲问她是谁在收音机里唱歌。“这个是谁？”

“比莉·哈乐黛[①]。”齐玛常常回答。

---

① 比莉·哈乐黛（1915—1959），美国最有名的爵士乐女歌手，她的创新意识使她在音乐界具有巨大的影响力。主要作品有《来源》《你只拥有时间》《兄弟，能给我一毛钱吗？》。

“这个是谁?”

“艾瑞莎[1]。”

---

① 艾瑞莎，全名艾瑞莎·富兰克林（1942—2018），美国流行乐巨星，出生于流行乐圣城孟菲斯，出版歌曲跨越灵魂与流行乐，享有“灵魂歌后”和“灵乐第一夫人”的美誉。

图形均衡器（降音）

正如帕克所说，我很快浑身发抖地走了出去，进来时浑身突然冒着冷汗。就像那个时代的文化悖论所说，她的确是从她的白人嘻哈哥哥那里学来的黑人，现在想起了他们都被困在伦敦时他们的父亲告诉帕克的一件事，一天晚上父子俩都以为她睡着了。在隔壁房间里，齐玛的父亲跟她的哥哥说话——那时候她的哥哥比现在的齐玛年龄小——他的声音像她从来没有听到过的那样显得异常急迫。“你不能用那个词，”他说，“这是你能用的最糟糕的词。我宁愿你用 F 开头的词，也不想你用那个词。不过，最好那样。我知道他们把它用在了你倾听的音乐当中，但语言是在一种语境中存在的，即使他们彼此用这个词，它的意思和你用它时的意思也是不一样的，你明白吗？”

“这我从来没有用过。”她听到她的哥哥说。

“我知道，”他们的父亲回答说，“可是，我还是要告诉你。你要明白，这很重要。你用这个词，它就意味着四百年的可怕的狗屎，不管你是不是这个意思。所以，我不想听你说，也不想让你的妹妹听到。尽管她很快就会听到，但不会从我们家的任何人这里听到。”

“好吧。”帕克平静地回答，试图激起某种按捺不住的怒火，但收效甚微，而齐玛想跳起来跑到隔壁房间为他辩护。

秘密之歌

因为齐玛有个秘密：她深爱着他。尽管她会不遗余力地反驳这一点，她对帕克的爱超过对母亲的爱，甚至会超过对父亲的爱。她两岁那年，她的妈妈从亚的斯亚贝巴[①]的孤儿院来接她的时候，在所有的礼物和纪念品中有一张是帕克的照片，女孩紧紧地攥在手里不肯放手，即使在接下来的几年里，除了她激怒他或他骂她，兄妹俩差不多谁也不搭理谁。

在他们关系的最深处，她对他的秘密崇拜——有时候几乎是对她自己的秘密——都达到了她试图成为他的地步。就是在这段时间，她坚持对家人和其他每个人说她是个男孩，这个阶段现在可能会结束，也可能不会结束。有好几年她一直百思不解，最近几年她可能还是百思不解，或者只是假装百思不解。在齐玛来到美国的十三年里，她从来没有想过，不知道自己是谁，也不知道自己属于哪里，这让她比任何人都更美国化。在帕克看来，与其说他不承认妹妹对他的崇拜，不如说他是拒绝承认。两人都还不知道时间是如何无情地围攻那些被最无情地吸引到真相面前的人所体会到的否认。

---

① 亚的斯亚贝巴，东部非洲国家埃塞俄比亚的首都，非洲联盟及其前身非洲统一组织的总部所在地，按照当地提格雷语，“亚的斯亚贝巴”意思是“新鲜的花朵”。

穿越（畅行无阻）

齐玛盯着副驾驶座上的手机说："有音乐传出来。"帕克分神了半分钟后才答道："你想关就关吧。"

她看了看哥哥，然后又瞧了瞧汽车音响。"我是说，那是从双子塔里传出来的。"她说。在公路上，他们经过像八度音阶般高耸的血红色台地，还有耸立在悬崖峭壁上的标牌，上面写着小镇的名字，这些标牌的两侧还挂着旗帜，大部分都是印有"分裂"字样的旗帜。一个店面承诺说，**利维斯牛仔裤来自纽约**！头顶上，一架喷气式飞机划开了天空。"音乐，"她澄清说，"正从双子塔里传出来。"

帕克问："什么塔？"

她翻了翻眼睛。"那距离我们的方向有四百英里远。"她说不清她的哥哥是仍在分心，还是分心已经变成了困惑。最后，他问道："里面有人在放音乐吗？"

"里面没有人，"她解释说，"有音乐从双子塔传出来。难道我不是这么说的吗？"

"比如是什么，这是立体声音响吗？它们是大喇叭什么的吗？一个是低音，另一个是高音吗？"

"扬声器？你在说什么？它们是两座一百层高的建筑。"

"不是。"

立体声（低音）

齐玛对她的哥哥说："你说'不是'，这是什么意思?"当他们接近得克萨斯州边界的时候，40号州际公路变成了一条所谓的高速公路，这一地区挂着更多印有"分裂"字样的旗帜。自从结账离开条形码汽车旅馆以来，帕克和齐玛曾经三次听说过有一条传闻中没在任何地图上标出的公路，这条秘密公路被称为"暗轨"，它从这个国家的心脏地带横穿而过，不受任何影响。

穿越友好的联邦和敌对的分裂领土，据说这条秘密公路从一个秘密的西点通往一个秘密的东点，好像根本没有"美国"这个物质或事实，只有美国的精神——不管美国可能是什么，不管什么人可能会思考它。"它们不到一百层高。"帕克回答说。

齐玛几乎是大声喊道："它们是翻转的双子塔!"

"但不是真正的双子塔。"

她疲惫地叹了口气。"我们谈论过。"

"你是怎么知道的?"

"它们有一百层?"

"里面没有人。"

立体声（高音）

齐玛想了一会儿。“他们会知道的。”

“有人进去过吗？”帕克问。

“肯定没有。”

“那音乐是从哪里传来的？”

“双子塔。”

“可这是什么？这音乐。我是说，是贝多芬吗？武当派[①]……？”他被自己逗乐了。

“每个人听到的都不一样。”

“所以，基本上，”他推理说，“那里的每个人都快疯了。”

她开始质疑这个结论，但欲言又止。“为什么没有人进去？”他问。

她看着他。“没有人想进去。”

“为什么不想进去？”

她还在看着他。“为什么不想进去？”她说得如此难以置信，尤其是在她怒目而视的情况下，所以这让他回头看着她。“眼睛看路，”这时候，她说，“也许你有点儿发疯。”

他回头看了看路，然后又看着她。接着，他把车开到公路边

---

① 武当派，嘻哈乐队组合，1992年成立于美国纽约市史泰登岛区，以其硬核嘻哈风格在黑人嘻哈界享有盛名。“武当派”的名称是受到二十世纪八十年代香港电影《少林与武当》的启发。在首张专辑中，乐队成员分为武当和少林两派，象征他们在说唱时的两个对立面。

停下来。

“你要干什么？”她问。

他关掉点火装置，在座位上转过身面对着她。她终于第一次察觉到了他担心和害怕。“等一下，”他终于听懂了，声音有点儿沙哑地说，“你是想设法告诉我，这是真正的双子塔吗？”

双子塔最初出现的两个小时内

贾尔丁警长向她的副手问同样的问题时狠狠地瞪了他一眼。他们身后的公路上车水马龙，水泄不通。他们周围，围观的人群汹涌而来。两人继续默默地望了一会儿双子塔，然后副手问道："那你要进去吗？"

警长又狠狠地瞪了他一眼。除了她的不满，还有很多事情令她十分不安，于是她放下了繁文缛节。"蕾，"他尽量用恭敬的口气抗议道，"你不能再这样看着我了，好像我是这里正在发生的最疯狂的事情。"

疑心

副手坚持说道："我注意到你没有回答我的最后一个问题。"

"你注意对了，"警长说，"你也真该死的精明。"

副手凝视着迅速增加的车流和人流，问道："那么，呃，我们负责这里吗？"

"不知道这是不是县辖区。"警长冲双子塔点了点头，"它们耸立的地方可能是原住民的土地。"

副手从另一个方向凝视着一辆带有金色赛车条纹的红色卡车。"对了，第一个看见双子塔的嫌疑犯，或者第一个声称看见双子塔的嫌疑犯，就在那……"

警长问："嫌疑犯？"

天哪，她今天真糟。对我们俩来说，早早退休还不够早。"好吧，我想他其实没有什么嫌疑。还有……"

"嗨，你问题不少嘛，副手。"

"你没有问题吗？我只是……"

"什么？"

"听到……音乐。"

"我们去找那个嫌疑犯谈谈，好吗？"警长说，"说不定我们把他关起来，这一切就会消失的。"她真希望那首在她的脑海里呼啸的歌也会消失。

被否定的歌

亚伦解释说："我拐过弯，就见它们在那里。"

"那个弯道？"警长五十四五岁，带着淡淡的口音，灰白的头发向后梳成了短马尾，她指着亚伦的肩膀，"你怎么知道你是第一个见到它们呢？"

"我是这里唯一的一个，"亚伦告诉她，"然后大家都停了下来。除非我前面有人开车刚刚经过而没有注意到。"

"以前开车走过这条路吗？"

"一直都走。苏瀑布城到拉皮德城。"她端详着他那辆红色卡车，上面的条纹和保险杠贴纸她都看不懂。在同一个弯道附近，其他执法人员也正赶过来；新的空中侦察机盘旋在头顶。警长又转向亚伦。"所以，换句话说，"她这时候指着东边远处的地方说，"从 44 号公路下来，拐弯之前你什么也没看到吧。"

"说得没错。"

"没有多大意义，对吗？"

"噢，"亚伦有点儿激动地答道，"就像这剩下的一样。"两人目光相聚。"我能问你一件事吗？"

"问吧。"

"你的确听到了，对吗？音乐？"

"不对，先生，"她断然撒谎说，"我什么也没有听到。"

杰哈德

双子塔在倒塌二十年后再次出现的现象如此令人可怕、如此令人费解，以至没有出现小小的社会奇观和商业奇观。即使人群不断聚集，也没有出现任何纪念品摊位，更没有出售任何锦旗或纽扣。一些创业者曾经试图兜售三明治和苏打水，结果遭到了拒绝和漠视。县、州和联邦政府之间关于谁拥有域名的争论因无人知晓“领域”的含义而变得错综复杂。

在一些人看来，双子塔的出现是对其消失的一种嘲弄。一些无需确认的“新闻”频道暗示，双子塔是联邦政府的一个阴谋，即便是容易激动的评论员也会百思不解。另一些人则认为，新双子塔是一种邪恶的圣战攻击，是一种大规模的心理恐怖主义行为，其目的不仅是让一个国家，而且是让一个被玷污的世纪及位居其中的任何被玷污的世界变得疯狂。在另一些人看来，末日的开始是如此明显，因此几乎没有必要去不断地大肆声张。

那些人和事

到了第四天，几十万人聚集在双子塔周围。他们保持着一段距离，这是由集体判断决定的，不能再靠得更近了。如果有什么的话，那就是聚集在一起的人的冲动就是后退。不能说他们在等待，因为等待意味着对某件事的期待，却没有人会有这种期待。一旦好奇的人们用观察世界上最古老的红木或刻在岩石上的总统脸庞的方式观察双子塔，那就没有什么能留住它们了，只有已经在那里的人和那些不断赶来的人之间达成令人费解的契约。

那天下午，当州检察长乘坐直升机降落的时候，警长依然在她的脑海中听到从双子塔传来的哨音，而她一直否认这一点。“我的天哪，好一番景致啊！”检察长在直升机叶片的轰鸣声中气喘吁吁地嚷道，“你是负责这项调查的高级警官吗？”

“这是调查吗？”她贴着他的耳朵喊道。

“你要进去喽。”他说。

“没听清，再说一遍。”

“需要有人进去。”

“进去哪里？”

“进去那些地方。”他指着双子塔说，他不会说出她不愿承认的一首歌。

管辖权（一）

警长说："先生，我再有三个半月就退休了。"

"一个为职业生涯画上句号的好办法，"检察长回答说，"你说呢？"

这个狗娘养的在开玩笑吧？她生气地想，"不一定，不。"

"你的管辖权，警长。"

"实际上还根本没有确定那些是不是在彭宁顿县[①]。它们耸立的地方很可能是拉科他人的土地。"

检察长皱起了眉头。"我甚至不想听。我也不那么确定部落议会的长老们想不想听。他们当然没有提出任何要求。事实上，在过去的几百年里，那些塔可能是美国唯一一个没有宣称拥有主权的地方。你来自哪里？"

噢，这么说，你们这些家伙就是这样做事的，她想，路易斯安那州，她立马答道："我来自南达科他州，检察长先生。"

"我是说最初。"好像他很在乎。

她重复道："我来自南达科他州。"为了不让自己来自别处，我费了该死的好大劲儿。但现在，她脑海里的歌声越来越响。"好吧，"检察长的语气变了，"现在听着。有人得进去。我们有人认

---

① 彭宁顿县，美国南达科他州西部的一个县，西邻怀俄明州。

为他们看到了一些东西，疯狂的谣言说有人在九十来层上……”

“我不去九十来层。”

“我们可以把你放在塔顶上……”

她把徽章从上衣翻领上取下来。“不。”

“就像你刚才说的，警长，”他冷静地说，“早早退休。”

“我要从底层进去，”她对远处南塔的入口点点头说，“看看周围。否则你可以让我提前退休，然后推……”

“好了，好了。”检察长挥手回绝了她的威胁。一时间，他们各自默默地凝视着对方。“我相信，”检察长脸上露出一丝微笑说，警长恨不得插进去一把枪，“全世界都认为你是这个职位的最佳人选。”

“我相信全世界压根都不知道我是谁。”她回答说。

“完全没错。”

追踪之歌

几个小时后，随着黄昏开始降临，警长从二十英尺高的地方接近南塔，听到了比她三天来听到的更响亮的口哨声。她不仅比以前更靠近传出这首歌的塔楼，而且周围的景色也比双子塔出现时更安静了。在过去的一周里，大约有五十万游客蜂拥而至，而这里却陷入了最奇怪、最异乎寻常的寂静。

警长举起一只手搭在额头，斜视着太阳，这时候太阳正从西边远处的山脊上沉落，她停下脚步，回头看了看她身后的每个人。就连头顶上直升机的嗡嗡声似乎也突然变得无声无息。如果说她否认自己的脑海中听到的那首歌，向所有人撒了谎，此刻她不能再对自己撒谎了；如果说她把路易斯安那州所有的一切——包括她的大部分口音——都抛在了身后，那么，她依然保留着祖父在她四岁时吹的一首三角洲蓝调以及谱写的歌词，尽管她从来都不曾记起，我可以断定，风正起，地狱之犬正在对我跟踪追击。

歌声追着她

但是，所有这一切她现在真的都不记得了。那种记忆很快就会在南塔的大厅里重现——与北塔的商务大厅形成了鲜明的对比——南塔的大厅酷似大剧院或大教堂的大厅。它有狭长垂直的高拱形窗户，滚动的地毯红得如血，像二十年前那个九月的一天最后一次吸尘之后一样完美无瑕，无人践踏。金色的阳台犹如半音或 A 字形环绕着大厅。

塔楼里近百部电梯有二十部呈现在她的面前。警长觉得自己喊得很傻："喂？"好像有人会回答一般。"喂？"她又喊了一次，但更安静了。如果有人住在塔顶的话，他们现在会不会已经搬到塔底了呢？他们会不会还留在塔顶呢？"喂？"这是她第三次叫喊，也是最后一次，她穿过硕大的红色大厅，朝那歌声和那寒光走去，她现在能够听到和看到那是从远处最后一组电梯门边传来的。

召唤（二）

就连她自己都不再清楚这是不是一种召唤，也不清楚，除她之外，还有没有其他人也在受到召唤。“不。”她现在没有对任何人说，而是对她还没有唤起的回忆说，然后退回到一百英尺高的洞穴般的大厅里。她抬头望着阳台，从阳台往下窥视着上千个她看不见却知道在那里的鬼魂。大厅窗外，夜幕降临，她打开手电筒；远处电梯门口的灯光发出的呼啸歌声拽着她，就像她四岁那年祖父拉住她沿着庞恰特雷恩湖①另一边的沼泽地路走一样，当时杏黄色的棉布连衣裙紧紧地贴住她瘦小的身体……

在潮湿的空气中，午后残留的阵雨从那些树的高叶飘落到低叶上。接着，雨点声伴随着男人们越来越响亮的笑声——尽管她拿不准自己想没想到，但也许会是一声小小的尖叫。“快来吧，宝贝，”她的祖父深情地呵呵笑道，“你就要看到一些东西了。”当手电筒的光圈在面前晃动的时候，警长发现电梯的最后两扇门竟然打开了。她走到门口，飞快地敲着门，仿佛门已经熔化、她会被后面的东西烤焦似的；她对它们如此轻易就打开感到震惊。她几乎不用把门拉开。

① 庞恰特雷恩湖，美国路易斯安那州东南部的湖泊，位于密西西比河河口湾北岸。

挂在一棵树上的歌

快来吧，宝贝，你就要看到一些东西了。她不想从枪套里拔出枪来；她想不出还有什么比这更没用的了。电梯门后面没有竖井，也没有电梯轿厢载着她。门后是另一个地方和另一个不属于这里的时间，就像这座塔一样，这是她过去生活的一个地方，她现在可能会踏进去，快要踏进去，她祖父的口哨——正是一个黑人的蓝调——飘浮在长沼的空气中，仿佛被吹散的蒲公英一般。警长抬起脚，准备跨过电梯的门槛……她意识到踏上这一步，就再也回不来了。她从那只收缩的脚上抬起头来，面对她四岁时在路易斯安那州祖父紧紧地握着她的手的场景和时间，五十年来她都不记得的情景突然间清晰地呈现在蔚蓝的独特天空上，独特的风声，独特的盘旋乌鸦的叫声，她面前独特的乌合之众在大长沼橡树下哈哈大笑，三具尸体被绳索吊在最低的树枝上，烟雾从他们快要熄灭的特有火焰中袅袅升起，最小的一具尸体是一个连四岁的小姑娘都知道的，那是另一个比她大不了多少的小女孩，被烧得都看不出她是黑人了；除被烧死前是黑人之外，一个四岁的白人女孩不知道其他小女孩怎么可能配得上这种待遇。从小小的自我开始五十年以来，警长转身逃离了红塔，地狱之犬正在对她的国家跟踪追击。

九十三层上，杰西

又睁开了眼睛。他躺在会议桌对面，就像躺在墓碑上似的，他睁开了眼睛，仿佛第一天早上看到一架燃烧着的飞机撞向他的情景。他坐起来，望着周围昏暗的建筑。

他环顾四周，仿佛塔内或九十二层以下的某个地方已经唤醒了他。一时间，他双手捂脸，一动不动，最后从桌边站起来。“那好吧。”他对着空气平静地说。

不爱之歌

在梦见母亲之后，杰西明白外面那些聚集在他窗下的是敌人。他从不相信他们会在那里等着他；他根本不知道为什么他们会出现在那里。但是，他现在明白了，如果他们知道他在九十三层，他就会成为他们针对的目标。

“那好吧。”他又说道。他明白，不管另一个人在窗外与公众炮制了什么阴谋，如果是他而不是杰西活着的话，杰西就不可能参与其中。这一刻像杰西的所有时刻一样，存在于另一个从未活过的生命的阴影之中。他知道他们恨他，哪怕他们不知道他在这里。

不羁之歌

他蹑手蹑脚地走向黑窗和脚下的国土，说："那么，我不是你无法抗拒、罪孽深重的上帝，也不是你躲在明处的格拉泰姆[①]乐手阿蒙，不。不是，"他把自己贴在冰冷的黑色玻璃上说，"你这美国乡巴佬，戴着这种节奏摇滚音乐桂冠的迪克西·耶利米。正如你们所说，我是你们的音乐死神的使者，先生，我是你的咆哮使者，在黑色回声中没有音乐可以持久。先生，我是来把这首伟大的国内赞美诗剪短的。我乘坐无调呐喊的神秘火车，驶向偶然音乐的茫茫荒野，那里的音色因其本身的色调而窒息。我就在这里！"他拍打着窗户，冲着下面的人大喊大叫，"我没有拒绝你的音乐——是你的音乐拒绝了我。于是，我就来了，猫王一世：杰西·加龙！唯一他妈的猫王普雷斯利，恐怕你们都没有注意到。把你亲爱的妈妈的儿子打到了终点线，在格拉迪斯小姐的输卵管快车道上，以震耳欲聋的冲刺比他跑得更快，为了自由——震耳欲聋——为摆脱抛弃他的妈妈而震耳欲聋。你妈妈的儿子呢？他撑不住他妈的了，就是这样。"杰西转过头，回头喊道，"你眼下在哪里，小弟弟？你现在怎么样，小弟弟？这对你来说没关系，好好享受你那该死的甜蜜时光吧，因为我是第一个到这里的。"

---

① 格拉泰姆，美国流行音乐形式之一，是美国历史上第一个真正意义上的黑人音乐。它产生于十九世纪末，采用黑人旋律，按照切分音法循环主题与变形乐句等法则结合而成的早期爵士乐，盛行于第一次世界大战前美国经济繁荣时期。它发源于圣路易斯与新奥尔良，而后在美国南方和中西部开始流行，从而影响了新奥尔良传统爵士乐的独奏与即兴演奏风格。

充满天空

当他听到这首新歌的时候，这首歌和他的脑海里听到的任何歌曲都不一样。他需要一点时间在办公室的另一端找到它，这首歌打破了他在抽屉里发现的晶体管收音机的静电干扰。它直接而清晰地传达给杰西，仿佛被建筑本身激起，从九十三层的茫茫黑暗中飘了出来。

这首歌更多的是一种敌对状态的广播，一半是哀号，一半是新闻快讯，传达的是坏消息。这是一首乡村核哀歌，不像是杰西在收音机里听到的，更不用说是在他的脑海里了，如果他还记得在收音机里听过什么的话。这首歌大概是由一个从英国利兹迁到美国中西部的朋客摇滚乐部落创作的，从来没有在任何电台播放过。

声音沉落

这首歌宣告了歌曲的死亡。音乐就是坚持音乐的终结。疯狂的微型原声带如此浸透时代的精髓，任何曾经可能是混乱的原因或被认为是混乱的原因，都揭示了因果关系的另一个先前时刻，接着是此前的一个时刻以及那之前的另一个时刻。麻烦一路南下，歌手在悲伤的声音背景下唱着……

……尽管南方的什么地方还不清楚。因为这首歌有可能要散架，所以小提琴和其他提琴几乎像警方的报告一样没有飘浮在公报之中。天空布满了叶片，声音从上面落下。避免强光是歌手最后的警告，待在地下。但是，杰西异常兴奋，冲向楼梯井，他已经下了好几次楼梯，但都没有成功。“好吧，先生，”他猛地打开楼梯门喊道，“如果没有地方可以下去，那我就上去。”

召唤（三）

他说："我要上去，看看所有那些盘旋的直升机能不能不理我？那就试着想念我吧。"在黑暗的楼梯井里，他感觉到了脚下的台阶，便爬了上去。他喊道："你在那上面吗，小弟弟？妈妈的小女孩？一家之主来了！像最后一滴杂种精液一样从塔顶喷射出来。"当杰西在黑暗中跨上台阶，来到九十四层、九十五层和九十六层的时候，收音机里的歌声跟着响起。

每经过一层，杰西的脑海里的歌声就会越来越微弱、越来越绝望。他以为是在他下面九十三层的收音机里传来的歌正在从上面向他召唤，尽管他不清楚这是一种召唤，但也不清楚，除他之外，还有没有人在召唤。先是不知不觉，后是越来越清楚，杰西走过的楼梯井发出的光更亮了。他从台阶的栏杆上探出身子，伸头向上看。

世界之巅

顶部一道淡淡的寒光——只有一个音符大小——几乎一眼可见。杰西的眼睛渐渐适应，而且每经过一层，上面的光线就会增强。在第一百零七楼的台阶上，他跌跌撞撞地走进了一个他几乎认不出来的地方：曾经的美食广场、半明半暗的三明治店、意大利面食店、寿司店，还有苏打水和冷冻酸奶的海报。塔楼的昏暗处挂着**内森著名热狗店**的一块招牌。

他吃惊地看到，在这层楼的尽头，在一部升到剩下楼层的停滞的电梯旁边，有一个箭头指向**世界之巅**，似乎这绝不是真的。在电梯最远端的三级楼梯上，信号源闪烁着。杰西离得越近，冰冷的光线就越像个男人的身形。当他一次三步、四步、五步踏上自动扶梯的金属台阶的时候，杰西走近——深埋在光的核心之中——记忆的模糊轮廓："联合广场。"他脱口而出，我相信我的确记得一些事儿……

雪上加霜

……随着静态自动扶梯最后一步的颠簸，他滚到了塔楼敞开的塔顶上，进入了弥漫着瘴气和夜晚气息的门厅，所有的噪音都会自动消失。在地球以外比任何人都要高的地方，杰西刚好有足够的时间爬到上面，触摸到地球上黑色拱形天花板。他短暂地欣赏了一下塔顶的布局，中央是一个用栏杆围起来的岛台，岛台周围是一条空荡荡的混凝土护城河，远处的边缘是一道栅栏，这道栅栏曾经一度是为了防止有人跳楼，或者至少是为了防止任何不是因飞机飞来而跳楼的人。

杰西从自动扶梯上一跃而入，倒吸了一口冷气。在半空中跳跃的那一刻，他感到一阵狂风把他从孪生兄弟的生活刮进了自己的生活。他眯起眼睛，凝视着眼前的光线，想起了工作室搬到联合广场之前在第四十七街拍摄的一张照片，当然过去几分钟他在光线中看到的是他自己：两个他，肩并肩。

回到过去

两个他并在一起——大概是杰西这么想的，当摄影师多年前拍摄这张双像照片的时候，他总是想跟摄影师一样充分利用他的超级明星们，复制这张双像照片，用不同的颜色进行丝网印刷。两对双胞胎都摆出从枪套里掏出六响枪的姿势，好像在西部枪战片一般，没有牛仔帽、长袖扣衬衫和靴子，牛仔裤上的枪套低挎在右臀上。不是正对着相机，而是有些偏右；杰西现在观察的这张照片呈银色和黑色。但是，自从几十年前拍摄那张照片以来，杰西第一次意识到他从来没有意识到的事情，那就是那根本不是他的双像照片："所以，这么说，你和我，小弟弟，"他看着塔顶大门上闪闪发光的双胞胎说，"一直都是你和我，嘀。出来没有，"他意识到，"应该知道只有我和我自己。安迪总是在谋划着什么事儿，一个善于操纵的白化病小混球……他一直都知道在我身边的就是你。"——当杰西穿过塔楼楼顶那扇发光的门，进入另一个地方和另一个时间的时候，他的意识从一个分裂的瞬间突然进入了另一个分裂的瞬间。

一股无声的黑风吹过他的脑袋，这是第一次证明了他每时每刻都是正确的。他现在几乎无法确定自己是不是曾经在塔里待过。在世界的天花板下面，在遥远的黑暗当中，只有月光和聚集在塔楼底部的成千上万的火光闪烁，这是他第一次从九十三层的窗外瞥见飞机朝他飞来，他欣喜若狂。双子塔及其未来在他的身后消失了，召唤他的那唯一炽热的迷人音符在它自己的火焰中袅袅升起。几秒钟前，燃烧的音乐余烬散落在塔顶上，从那里跨过一个门槛，就像蕾·贾尔丁警长在一百多层楼下退缩时经过的那个门槛一样，暗影出生的杰西跳了下去——让可能在塔楼楼顶见证过这一切的其他任何人看来——消失得无影无踪。

二

超音速

千禧年第〇天（2001年9月12日）《歌曲年鉴》或《自传体音轨》

这是帕克和齐玛的父亲最初为十五岁女孩编撰的，
这个女孩眼下正在念着，
美国从副驾驶座窗口河流般漂过，
汽车旅馆的窗户在黑暗中摇曳着，
播放表中的歌曲不是从无线电传出的，
而是从她身体的接收器和眼睛的立体音响中传出的。

第 1 音轨和第 2 音轨：《奈玛》和《地下世界》

第一首是有关早晨和哀悼的歌曲［按时间顺序记录的父亲的日志］，以萨克斯管的迸发开始，然后在钢琴的祝福之前开始祈祷。紧张不在于黄铜和象牙会不会支配对方，而在于哪一种会被人遗忘——一首有关什么和谁将会最后留下来的歌，不是在胜利中站立，而是在流血的抛弃中站立，嫉妒被征服的人。在现代西方人听来，这是一种介于中世纪和中东之间的不和谐，第二首歌是旧世界未来主义者对过去一个世纪的一段哀歌——当这首歌最初录制的时候，那个世纪的四分之一尚未到来——但后来，人们可以从美国在曼哈顿下城被赶下台的有利位置听到，历史渲染了私人神话。在第一首歌中重现了顿悟和圣化的女低音，第二首的萨克斯管就是疯狂和异端，演奏到了音符的末尾，就像作家用完了斜体字一样，音乐最终变成了密码文字：分享新娘失败之星，因为音乐就像图片钉在我们生活的地图上一样标记日历。

他的妹妹睡在

副驾驶座上，帕克开车驶向幽灵般附身的黑色公路。尽管他不想承认，但他还是对自己承认了。他从来不是那种承认恐惧的人，甚至比大多数男孩或男人更坚定地拒绝恐惧——所以，现在对自己承认恐惧是一种智慧的飞跃。

在十几岁之前，除了独处时的恐惧，他可以克服几乎所有的恐惧，有时候在家里他会在父母亲睡着后叫醒他们，跟他一起下楼来到厨房，因为他不想独自去那里。

崎岖地（重现）

尽管帕克此刻正在努力回忆他或齐玛是不是在穿越时区时变更了车上的时钟，但已经十点钟了。也许已经十一点钟了，看不到任何可以过夜的地方。如果有一条公路，就会在他的面前展开。他的后视镜里出现了一些奇怪的灯光，只有经过的时候，他才能辨认出来；他开的是七十码，一些汽车几乎要把他赶下公路。但是，他确信，只要他提速，他就会被逼停在路边，二十出头的白人男孩和十五岁的黑人女孩置身于危险的分裂地带，谁也不相信她是他的妹妹。

他不喜欢警察，在跟警察发生冲突的相对罕见的情况下，他无意中发现了一个名叫“更成熟”的老捣蛋鬼——他是自找麻烦。几个小时前，他在边界差点儿跟警察发生冲突，之后减速，以示尊重，这时候警察狠狠地盯着他看了很久，随后挥手把他带到西得克萨斯。帕克的父亲年轻时候也是这样，不尊重任何专横跋扈的权威，天真地认为，如果他没错，谁都不能碰他。“你需要克服那种想法。”他后来告诉儿子。

无星条纹

他们的母亲跟近一百年前因尘暴迁移到加州来的先民后代一起，从加州新尘暴区迁回了她位于中西部的家乡，她试图阻止孩子开车。她恳求孩子们坐飞机“或者至少坐火车”。但是，直到崎岖地上显现的双子塔为止，消息不断报道国民警卫队发生的铁路小冲突，并号召从分裂主义者手中夺回对西南酋长的控制权。在阿尔伯克基以东，兄妹俩发现了一辆燃烧着的货车车厢，就像北欧海盗的火堆一样在沙漠的黎明中飘荡。

除了荒凉窒息的得克萨斯州，帕克不知道他们目前在哪里——这让他感到不安。他看不到周围的任何东西，房屋和大楼的灯光几乎像下雨一样罕见，这意味着，除黑暗之外，挡风玻璃外面什么也看不见。当他打开无线电的时候，最接近信号的东西就会发出静电声。帕克的手机也不知道他在哪里。他认为他错过了阿尔伯克基后的某个拐弯处，本来打算向北转弯，却又继续向东，但他觉得没必要停下来，当然也没必要转回去，反正他从来就没有想过回头。

黑暗地带

他很高兴齐玛坐在他旁边的副驾驶座上，但如果谁这样告诉她，他就会宰了谁。他也很高兴过了边界之后她就睡着了，尽管他知道此刻她正被噩梦折腾得辗转反侧。在过去的三十六个小时里，他没有收到女朋友的短信，感到特别孤独，无法想象一张地图能给他带来什么好处。然而，越过得克萨斯州界，在妹妹睡着的情况下，他还是把车停下来，试图在车板上和后备箱里翻找他们在条形码汽车旅馆房间里摊开过的那张地图。

齐玛的脚边放着他们父亲的播放表日志，帕克在路边安静而又黑暗的汽车里晃动着书页。掉在地上的不是一张地图，而是一份装订好的旧法律请愿书，书页因岁月的流逝而皱巴发黄；他拿着手机仔细阅读，只见上面写着："《加州家庭法典》第 12 编第 4 节，呼吁解放未成年人。"他对妹妹的愤怒与日俱增——想设法抛弃这个家庭，这个忘恩负义的小坏蛋！——只有认出表格框中潦草的拼写错误的时候，他才会停止尖叫。

独生子女（右扬声器）

这些文件一直在他父亲的播放表里吗？“自力更生之道。”帕克所填的表格问道，帕克曾经写过业余单口喜剧，potenchul job@Coffe Bean，这一切使他回想起，作为一个十四岁的目光坚定的伟大自我解放者，他在卧室里踱来踱去，谋划着如何在白天请假。他把这份申请夹在其他学校需要家长签名的表格中——这会让父亲全神贯注，但也让他本能地相信儿子——会愉快地签完每一页；当然，最终其他法律规定阻止了帕克的逃亡。在标有“申请理由”的部分，帕克现在用年轻的手指出，有没有感觉到我的妹妹来了，就把一切全都搞砸了。

每个人都有独生子女的心理，独生子女之间建立了一种纽带，尽管帕克和齐玛的纽带是独生子女——实际上是兄妹——之间的纽带。就像他们的母亲一样，每个人总是以自己的方式负责。每个人的童年都有早熟的特点，他的早熟是想象力，她的早熟则是精神。每个人都有自己的空间，她的空间比较喧闹，他的空间却比较阴沉。每个人都有过愤怒：当时他还是像她现在这样的青少年；她还在通灵或挖掘她童年剩余的东西。

独生子女（左扬声器）

四岁的帕克坐在汽车的后座上，滔滔不绝地讲着既会飞又吃树的汉堡包，讲着天空中拱形圆顶小冰屋似的云朵。四岁的齐玛表现出对人类行为的洞察力，她的父母亲不再对其他人重复这种洞察力，因为没有人相信她能说出来，更不用说凭直觉了。通过天生的社交自信和电影明星的外表，哥哥掌握了任何不涉及数字或学校的东西（“如果我还能活一个小时的话，”他在一张纸上对一位老师潦草地写道，“我就会把它花在你的课上，因为这感觉就像是一辈子。”），在心不在焉的半小时内，他立刻画出了一些原创的东西，或者在键盘上按自己的方式整理出了一首歌曲的和弦。无论围观的人施予多少压力，她解决了校园中争执各方之间的分歧，并通过在非洲一家孤儿院的头两年磨砺出的同情心达成了共识。在性别和传统之间的某个地方，一个白人家庭中的黑人女孩齐玛觉得自己陷入了危机，直到一个星期六的早上，一位年长的黑人萨克斯管老师——他们居住的峡谷里的爵士乐队的一员——在课堂上对她咆哮道：“困惑就是未来。接受这种困惑。”尽管他们并不比任何人更完美，兄妹之间的关系也不是因为遗传或血缘，而是因为法律，但兄妹之间有一个共同的特点，这个特点使他们有别于同龄人，那就是他们忠于那些不会听信谣言或邻里闲言碎语的人，多年来他们受够了。

帕克的情绪（镜头一）

帕克认为，如果没有地图，他不妨继续开车，直到文明或黎明出现，这就要看哪一个先到。私下里，他会把赌注押在太阳上。他辞职到一家新闻台工作，这比什么都好，不是因为他想听到新闻，而是因为来自夜晚的种种声音是陪伴。他们的父亲总是在他不听音乐时听新闻，但帕克意识到所有的新闻都在谈论双子塔，而整个双子塔事件已经成为他试图恫吓的另一种恐惧，他正试图吓走这种恐惧。帕克慢慢地意识到了双子塔的存在。齐玛第一次告诉他的时候，他根本没有注意，也没有怎么考虑。他认为，这是一些恶作剧或噱头，就像那些电视节目中人们做疯狂之事来吸引自己的注意，或者只是为了这样做。一些维加斯[①]的促销员在维加斯以外的地方做的东西，如果味道不好，那就更证明它是在维加斯做成的。

显而易见，它们绝不可能是真正的双子塔。他从三岁起就记得的不是这个事件本身，他的父母亲像大多数三岁孩子的父母亲一样竭尽所能，让他不再知道过多飞机和人们从天上掉下来的镜头，太恐怖了，没有家长能让自己的思绪天天想着它，更不用说是一个孩子了。或许事实上，除了小孩子，谁也想不到人会从天

① 维加斯，全名拉斯维加斯（Las Vegas），美国内华达州最大的城市，世界四大赌城之一。

上掉下来。也许除了孩子，没有人会做噩梦。帕克只记得，与其说是事件的真实性，不如说是父母亲不再可靠的感觉——这是任何孩子学到的第一个创伤性教训——父母亲的保护是有限的。在他旁边的座位上，齐玛正在做噩梦：她有没有梦到有人从天上掉下来呢？她有没有在播放表日志里找到、看到和读到她的哥哥以前的解放请愿书和他写的东西呢？“我不想听这狗屁东西。”帕克宣称，他关掉无线电，不想大声说出来。“爸爸！”齐玛喊着，惊醒了自己。

帕克的情绪（镜头二）

她在座位上转过身，好像要蜷缩起来继续睡觉。但她紧接着坐起来，凝视着副驾驶座车窗外。“你刚才做了个噩梦。”她的哥哥说。

她问：“我们在哪里？”

“得克萨斯州。”

“在得克萨斯州什么地方？”她摇醒了自己，斜靠着仪表板，向挡风玻璃外望去。

“穿过边界。”

“我们穿过边界的时候，我还醒着。那是很久以前的事儿了。”

“没有那么久。你刚才睡着的时候，”他补充道，“在做梦。”

她说：“当我们越过边界的时候，天还亮着。你和那个边防警察……我以为你会使我们锒铛入狱呢。”

“他们为什么要把我们关进监狱？我们什么都没做呀。”

她脱口而出：“你这车里没有大麻，是吗？”

“我早就不这么做了。”他答道。

“是吗？”

“我郁闷时就抽，而它只会让我更郁闷。”

“所以，”过了一会儿，齐玛总结道，“你不知道我们在哪里。”她这边车窗外的夜晚就证明了这一点。

你不能离开，因为你的心在那里

“我没有那么说。”帕克回答。

她打开无线电。“那我们在哪里？”

“只有谈话，”他对着无线电点点头，“这我不想听。”

“没有音乐？”

“是的。”

“无线电里没有音乐，我们在哪里？”他看着她打开他们父亲的播放表。血浓于泥，这是家常便饭。

他们听了一会儿，什么也没说。帕克想起了父亲在他们居住的峡谷里的一个小电台里播放歌曲的情景，想起了他作为小说家的声誉被他的音乐品位和潜在的酒保才能掩盖的情景。人们总是开玩笑说（也许）他应该放弃写调酒书，他的父亲对此咕哝道：“是啊，从来没有人说过我不懂你的马提尼。”眼下在车里，齐玛说：“还记得爸爸在电台播放歌曲的情景吗？”

“我刚才就在想这个。”

“他们最终把他一脚踢开了，”齐玛回忆说，“他们为什么把他一脚踢开？”

完全自由

一个里程碑：连续两个不请自来的有关父亲的句子。“还记得我们离开了一段时间吗？”帕克问道。

那是一家人的低谷。他们失去了房子，他们的母亲在埃塞俄比亚试图找到齐玛的生母时走失了一个星期。“妈妈那次为什么返回埃塞俄比亚？”齐玛问。你们这些家伙打算把我送回去吗？她始终纳闷，哪怕她并不是真的相信。

帕克仿佛看透了她的心思，平静地答道：“妈妈只是想让你知道。你的生母是谁，她以为你会想知道。”

齐玛仍然透过挡风玻璃凝视着他们看不见的道路。“这么说，他们把爸爸从无线电台一脚踢开，是因为他已经离开了一段时间吗？”

“我想是吧。此外，他还会在歌曲间隙说一些让所有人都很生气的话，比如：‘欢迎来到感恩完全自由电台，你在那里可以完全放心地听音乐，知道你不可能受到感恩而死乐队的音乐的影响。’”接下来，他的父亲播放歌曲的标题是《搜寻与毁灭》和《一个陷入困境的国家》。帕克说：“峡谷里的嬉皮士越讨厌，他越这么做。”

“什么是感恩而死的音乐？”齐玛问。

自动唱机音乐

一只小动物在汽车的前面奔跑，它跑得太快了，他们拿不准自己看到的是什么动物，比帕克急转弯还快。“该死的，”帕克低声说道，“你觉得我撞着它了吗？”

“我什么都没有感觉到，”她说，“我想我们应该感觉到的。”

“还记住那一次……”

“爸爸从兔子的身上轧过？”

“他感觉有多难过吗？”帕克仍能看到他的父亲在汽车砰的一声巨响时脸上的表情，这时候兔子突然不知从哪里蹿了出来。后来他甚至关掉了音乐。

“终于，”帕克在播放表上翻出一首歌说，“找到了我找了一辈子的东西。”

在边界抓住我，我以我的名义拿到了签证。一位斯里兰卡裔英国女子随着收银机的打击乐和一支二十五年前的朋克摇滚乐队的歌曲唱歌——这是父子之间音乐共识的罕见实例之一。这首歌风靡之时帕克才十岁，也就是齐玛第一次成为这个家庭一员的时候。“爸爸总是弄混那些歌。”她说。

“是吗？”帕克问。

“也在他的广播节目里。你以为你在听这首歌，”齐玛说，“接着变成另外一首。”

闪避

帕克说："他是故意那样做的。"

"故意做什么？"齐玛问。

"弄混那些歌。"

"他当然是故意的，"她回答说，"他怎么可能不是故意那样的呢？"

"听听这个，"帕克说，这一次他忽略了妹妹的挑衅，并随着歌曲的变化向车内的扬声器挥手，"一分钟的屁话，然后是老派黑色电影主题，疯狂透顶的法国电子乐。如果一首歌名叫《结局》，他就会把它放在开头。"

"没门，"齐玛抗议道，"这对某些人来说是有道理的。他会把它放在中间。"

帕克说："是吗？"

"也不是完全在中间。"齐玛说。

"当然不是，那实际上会是……几何。"

"我讨厌几何。"

"你以为我在学校他妈的不讨厌几何吗？"

"请别提几何了。"

"如果爸爸有一个二十七首歌的……播放表，他就会写一首叫《结局》的歌……当第十一首。"

“是的。”

“你知道，因为第十一首是……按字母顺序排列的第一个质数。或者别的什么。”

自然之歌

齐玛问道："那是几何吗？"

"我说不清，"帕克说，"他只是想设法表现得奇怪，还是天生就奇怪。"

"天生，天生，"她向他保证说，"你觉得他的那些书也很奇怪吗？或者那是他……被压碎的……正常部分吗？"

帕克转向她，比她看到他时更震惊。

"被压碎？"

"看路。"她低声说道。我们为什么会在这里跳华尔兹舞。"一些老电影人，"帕克对着这首播放的歌曲点点头，"爸爸也喜欢那些老电影。"他有点儿悲伤地说，"快把我逼疯了。"今天早上醒来，露西尔不见了。也许爱情是一座坟墓，你夜晚在那里跳舞。在我们乍现的光中，全都打扮得花枝招展。无线电上佐治亚州走私犯儿子，工业中西部达达派[①]和蒙特利尔诗人。"但接着……"——帕克大声地从一个想法跳到另一个想法——"当你第一次从埃塞俄比亚过来的时候，他又开始了。不管怎样，有一段时间。夜深了，全家人都睡着了。"

"又开始了吗？"齐玛问道。

---

① 达达派，即达达主义，达达主义艺术运动是1916年至1923年间出现于艺术流派的一种。达达主义由一群年轻的艺术家和反战人士领导，他们通过反美学的作品和抗议活动表达了他们对资产阶级价值观和第一次世界大战的绝望。

“写作，”帕克说，“暗地里。”索霍·波希米亚象征主义者、贝克斯菲尔德[1]死囚忏悔者，还有唱着莫哈韦[2]蓝调的怪人。底特律灵魂乐队、好莱坞大道沙龙歌手以及老新奥尔良爵士乐小号手。“这个人发明了二十世纪音乐。”他们可以听到父亲的宣告，十几岁的儿子会回答：“太棒了，爸爸。我们如今是在二十一世纪。”

齐玛坐回座位上。她像她的哥哥一样承认无事可做，只能在黑暗中向前冲，希望很快能有一线灯光或一缕阳光。“如果这是秘密，”她说，“你是怎么知道的？”

“知道什么？”

“他过去暗地里在写的秘密东西。”

“这并不是……”帕克字斟句酌，“一个守口如瓶的秘密。”

“那这本秘籍怎么了？”

“他从来没有完……”帕克欲言又止，“我不知道。”

“你不是一开始就这么说的，”她指出，“你曾经读过吗？”他停顿了好一阵子才回答“不”，这几乎不是停顿，而是某件事的结束。齐玛拿不准这是忏悔还是谎言。我还记得黑暗是如何加深的。让以太羽毛蠕动，起诉埃及。等我消失的时候，再控告我。

---

① 贝克斯菲尔德，美国加州中央谷地南端的城市，在洛杉矶北一百八十公里，临克恩河。

② 莫哈韦，美国加州的一座城市。

最后交替淡变（缪尔舒[①]）

黎明时分，他们到达的那座城镇很小，从一端走到另一端，不到两分钟就到头了。在一片灰暗的天空下，帕克把车停在加油站旁，他知道这可能是另一个夜晚在沙漠中的最后一个加油站。齐玛出去上厕所。我知道每个人都渴望下雨，帕克一边给车加油，一边焦虑地仔细观察天空，但也许还不是时候。也许让我们先离开这里，不管这是哪里。他把一张二十美元的钞票塞到收费亭的有机玻璃下面，问道："这地方是哪里？"

不管是不是分裂的领土，他已经了解到，没有人会因接受美元而感到内疚，他们更喜欢美元，而不是那些被视为分裂货币的货币。玻璃后面是仅仅比帕克大几岁的瘦如细线的男人，这个男人差不多六英尺半高，最宽处才十五英寸；他的眼镜框太大了，脑袋都快碰到天花板了。"缪尔舒。"收费亭里的那个男人回答。他的身高使他有一种被困住的样子。他有一头红发，看上去像一根已被点燃的火柴。

① 缪尔舒，美国得克萨斯州的一座城市。

又多一条路

帕克怀疑地问："缪尔舒？"他意识到这听起来很讨厌，补充道："总有一天肯定会下雨的。"

"是什么让你这么想？"收费亭里的那个男人眯眼看着帕克问，帕克咬着嘴唇。那个人很瘦，帕克能看到后墙的大部分，他的身后是几张难以辨认的老照片、一张五年前的日历和一张加州理工学院天体物理学文凭。毕业证书上贴着一张旧专辑封面，上面有五个戴着牛仔帽的家伙站在一片一马平川的平原上。专辑底部的白色小字体读起来更像是一个传奇，而不是一个乐队。

帕克对着墙上的封面点点头，漫不经心、毫无来由地问道："是不是你的？"

"不是。"收费亭里的那个男人说。

"我不是说它是不是你的，我是说你有没有做……"

"不是我的，它已经有五十年历史了，所以我认为我是不可能做的。"

"你的文凭？"

"是的。"

"缪尔舒，嗯？"

"跟其他人一起离开了加州。"另一个男人解释说。

蛇

帕克点了点头。“这就是我们来的地方……”

“现在每个人也都离开了这里。”另一个男人说。

“他们到哪里去了？”

“有些人转移到了另一个分裂的地区，这对他们都有好处。机灵的人已经回到了美国。”

“我在新闻里听说有战斗……”

“不，除非必要，否则联邦政府官员是不会进来的。他们认为，分裂迟早会像蛇……一样吞噬自己。”他呆若木鸡，说话声越来越低。

帕克忐忑不安，问道：“怎么样？”收费亭里的那个人望向帕克的身后，帕克顺着视线望向他的凯美瑞和从洗手间回来的齐玛。“噢，那是我的妹妹，”帕克说得太快了，“信不信……”但是，收费亭里的那个人继续盯着凯美瑞，只见车门敞开，音乐播放。

一辆黑色皮卡驶入了加油站。这个司机跟在有机玻璃后面的那个店员一样身材瘦长，只是年龄更大了些。他从小货车里出来，也呆呆地望着那辆凯美瑞。帕克还没有拿到他二十美元的找零，但他没等，尽量漫不经心地回到他们的车里，以传达他所能掌握的任何权威。

塞壬

皮卡司机继续盯着看。“别以为，”帕克想引起他的注意，“你可以告诉我和妹妹离阿马里洛有多远?”皮卡司机一会儿转向他，一会儿又转向凯美瑞，然后重新转向帕克。“沿这条路走六十英里就是普莱维尤[①]，”他最后回答说，“再往北沿着27号公路走六十英里……比如……”

帕克有点儿不安地问道：“27号公路?”因为正好穿过他们家所在峡谷的那条小路也是27号。一个女人从皮卡的副驾驶座那边出来，慢慢地向凯美瑞走去，好像她害怕自己会吓到一只正在睡觉的野生动物似的。当正义消失的时候，总还会有力量的，车载音乐唱道。这位女士没有把目光从凯美瑞上移开，从牛仔裤的前口袋里掏出一部手机打了个电话。齐玛看着帕克，帕克回头看着她。

然而，又有一辆皮卡开进来，显然不是为了加油，而是为了让西班牙裔司机也能目瞪口呆地接近凯美瑞。突然间，帕克想，缪尔舒有好多该死的人。帕克和他的妹妹望着一小群人围在他们的汽车四周。“所以，”帕克转过身对皮卡司机慢吞吞地说，“六十英里到普莱维尤……”现在凯美瑞回答说，当力量消失后，总还会有的，这时候那个六英尺半高的天体物理学家出现在有机玻璃

① 普莱维尤，美国得克萨斯州的一座城市。

的后面。只有当皮卡上的女士打开齐玛一侧的车门、悄悄地坐进副驾驶座的时候，帕克才意识到那不是他的妹妹，也不是他们正在看的那辆车，而是他们正在倾听的音乐。

安静旋涡

两个小时后，当兄妹俩抵达阿马里洛的时候，除了他们的音乐，其他所有的音乐都从每一个广播电台、每一座房子和每一辆汽车里消失了。其他所有的音乐都从电波中消失了，就像被太阳炙烤掉的薄雾一样在传输过程中蒸发了。音乐已经从文件、唱片、黑胶唱片、手机、MP3 播放机和任何眼下还在播放的 CD 播放机中消失了。它从每一个室内的空间中消失了，从每一个室外的广阔空间中消失了——所有的音乐，只有帕克和齐玛的银色凯美瑞的混合歌声，飞机过来了。兄妹俩在身后拖着四处蔓延的寂静，好像寂静被粘在了后保险杠上一般。三十六个小时后，当他们沿着 83 号美国公路穿过得克萨斯州西北部，穿过俄克拉荷马州的狭长地带，到达堪萨斯州自由城的时候，中西部的每个人都知道凯美瑞送来了美国剩余的全部歌曲。在新闻中，帕克和齐玛是唯一能与双子塔抗衡的人物，人们对这两件事都强烈关注，而这种关注一度只存在于那些杀妻逃跑的足球明星的身上。

鬼舞（一）

很久以前，这片崎岖地原本是伤膝河、白河和密苏里河交汇处的水下地带，现在变成了一片水上生活后的崎岖地，在夜空和火光的阴影下留下片片斑纹。一百五十年前，苏族人[①]占领了中西部平原五万平方英里的土地，欧洲后裔决心占领这些平原。当苏族人的军队在“坐牛[②]殉难处”附近决心反抗的时候，一位派尤特[③]先知——被部落称为沃沃卡，被白人称为杰克·威尔逊——把鬼舞带到了崎岖地。

随着十九世纪接近尾声，舞蹈成了动作和音乐的千年圣礼——在这个仪式上，无论是活着的还是死去的，无论是幸存者还是堕落者，无论是清醒者还是梦想家，在一个完全基于爱、

---

① 苏族人，是北美印第安人中的一个民族。苏族可以指任何包含在苏族大联盟之内的种族，或者可以称呼任何操苏语方言的民族。根据语言，苏族可分为达科他人（Dakota）和拉科他人（Lakota）。

② 坐牛（1831—1890），美国印第安人苏族亨克帕帕部落首领，身兼酋长、巫医、先知等职位，同时他也是勇敢的战士，领导本部落对世仇克劳人进行了一系列征讨。在坐牛的晚年，许多美国印第安部落沉浸于一种名叫鬼舞的宗教仪式之中，他们希望通过这种仪式驱逐白人入侵者。坐牛本人并非鬼舞的信徒，但美国政府还是担心他领导新一轮针对白人的军事行动。1890 年 12 月，美国政府派遣了一队警察试图拘捕坐牛，苏族人遭受了重创。当这位酋长走出小屋的时候，他朝围观的人大声呼喊：“你们就眼睁睁看着他们把我带走吗？”鬼舞暴动由此爆发。

③ 派尤特，美国印第安族群，分为南派尤特人和北派尤特人：南派尤特人操犹他语，原居住在犹他州南部、亚利桑那州西北部、内华达州南部及加州东南部；北派尤特人与加州的莫诺人有血缘关系，居住在加州中东部、内华达州西部及俄勒冈州东部。

和平与非暴力理念的仪式上，在地形之外的纬度和经度上相遇，他们坚信这些价值观将会战胜白人政府即将到来的士兵们的恶意，从而拯救苏族部落——使美洲原住民和欧洲裔美国人都感到震惊。

鬼舞（二）

听到鬼舞的消息后，两千英里开外白人城市里的白人惊慌失措。美国政府对这种舞蹈的重视程度足以加速政府同化印第安人的计划，如果同化不了，就要灭绝印第安人。但是，沃沃卡的预言来自他在月球经过地球和太阳之间时的一个启示，他不能或没有拯救他的人民，此后很少有传记能够说明他去了哪里、在接下来的四十年里他做了什么，他只用白人给他的名字生与死。

在摩天大楼出现后的第一个星期结束之际，当世界其他地方都在观看被称为“荒原之国”或“双子塔部落”的空中新闻镜头的时候，问题就出现了。弥撒守夜是为了什么目的？难道每个人都只是在悼念，然后在什么时候散去吗？有没有人相信他们在那里是为了在某种程度上保护这些建筑，就像他们能够做到的那样，防止一些恐怖事件发生，如果是这样，那可以维持多久呢？尤其是在最近发生的一个地方警长失踪的不明事件之后，有没有人预计会发生什么呢？大家在等待什么呢？是在等待某件事发生，还是在等待某个人出现？

鬼舞（三）

一些人推测，双子塔的显现是沃沃卡的第二个幻象，尽管还没有结论说明这种幻象可能会意味着什么。还有人认为双子塔是鬼舞的不朽墓碑。哪些鬼魂会被召唤，尚不清楚：是双子塔的灵魂？还是崎岖地的幽灵？或者，在建筑里面，二十年前的灵魂与一个多世纪前的幽灵相遇，他们是不是在幽灵交流中拥抱，交换他们的生命故事，对他们的死亡互相同情和安慰，彼此展示丈夫、妻子与孩子的照片和雕刻品，有些人裹着兽皮和毯子，有些人戴着大都会的帽子，穿着印有蓝图的运动衫？

在外面聚集的所有人当中，他们确信——直到那些建筑突然像这个国家的其他地方一样寂静无声——自从第一次看到双子塔，音乐就一直从那里传来，许多人现在声称他们听到了美洲原住民的圣歌和苏族赞美诗，混合着让你兴奋起来，邮箱里的三十张便条会告诉你，我要回家了。后来，在第二周早些时候，尤其是在显然没有其他人会再进入双子塔的时候，大家普遍认为，人数超过了现在官方估计的将近一百万。

无影无踪

他们等待的是双子塔消失得无影无踪，在一些人看来，包括那些在现场观看双子塔的人以及那些通过电视和互联网观看的人，双子塔的确消失得无影无踪。第一个见到双子塔的人又一次沿着自己的路线驾驶，又一次停下了他那辆带有金色赛车条纹的红色卡车，这一次他停在了第一天下午停留过的地方，凝视着空旷的天空，那里的建筑消失了，就像二十年前九月的一天早晨从天空中消失一样。

但是，当他给希拉·安打电话，她打开电视，看到的是二十四小时都在播放有关双子塔视频的新闻电视台的时候，这些视频还在屏幕上播放着。“也许你看到的不是现场直播。”亚伦建议说，但为什么电视台不直播呢？“电视上说‘现场直播’。”希拉·安答道，亚伦注意到，与塔楼出现时不一样，公路上几乎没有其他车辆停靠。很少有人对双子塔的消失做出反应，因为他意识到很多人依旧能看到它们。

超声检查

很快就有人报告说，双子塔不见了，包括现场越来越多的旁观者，他们从露营地醒来时发现双子塔不见了，而邻居却能清楚地看到。这不是幻觉或精神病。并不是说有些人没有看到那里的双子塔，也不是有些人看到那里没有双子塔。双子塔出现在一些照片中，而在另一些照片中却不见了。它们从一些盘旋飞机的雷达上突然消失，留在了其他飞机的雷达上。直到它完全消失，这种音乐才与消失的音乐相互对应。有时候建筑物不在那里，但音乐仍在。有时候建筑就在那里，却寂静无声。

除了来来去去的建筑之外，人们还发现令人不安的是它们的随机性。人们试图先研究建筑和音乐在个体之间的模式，然后再研究更大的群体。人们试图在基因、种族、社会经济、国家和大陆选区之间分解目击事件、听证会、失踪事件和沉默事件，为计算机系统提供相应的数据，从摩天大楼和音轨的来来回回中推断出（如果是这个词的话）相应的模式。这是一个争论和憎恨模式缺失、否认和厌恶数字技术真空的世纪，就像有人正在进行一场有关理性极限的宇宙演示一样。

测时法

有的人推演意识形态的教训，有的人推演宗教的设计。有的人等待科学得出科学之外不存在的结论。有的人有一种理论认为，双子塔总是占据自己的空间，实际上是它们周围的时间在滑动：双子塔是在时间坐标上，而不是空间坐标上，有时候重合，有时候与每个人不同的旅行坐标不一致。仿佛双子塔总是在固定的午夜、在每个钟的不同时间敲响。

换言之，不是建筑来来去去，而是每个人都在望着它们。换句话说就是，自 2001 年 9 月 11 日早上 7 点 59 分和山地时间 8 点 28 分以来，这些建筑一直矗立在达科他州崎岖地的边缘。每个人过去都曾经听过、现在却没有人听到的音乐是时间的录音带，是测时的曲调。

来自未来

杰西从南塔的塔顶上猛扑下来，跨过自己的形象门槛，从未来跃入了自己的生活。或者跃入了他本该生活过的生活——他生活的另一个版本，因为他在自己的生活中不是其他人或事件的影子，而是投下了自己的影子。

即使他没有真正意义上经历过这种生活，他对这种生活也有清晰的记忆，在一个只有杰西才知道的国家和世纪里他占据弟弟的位置过的生活。在沿着第二大道走之前，他停下来环顾第四十七街，不知怎的，他知道自己要去哪里，不知何故，他知道每条路和每个转弯。

坎迪说（1966年，纽约市）

在第十六街，杰西朝西走向联合广场——他从那里凝视着西南方的天空，还是看不到双子塔，它们的建筑仍在地平线下。在他走过的三十个街区的路上，不时地有一个路人转过身来看看，杰西好像就是会引起别人注意。他不时地停下来，紧闭双眼，仿佛他只是又一个在纽约街头游荡的疯子，期待着周围的喧嚣从声音中淡去……

……他期待着睁开眼睛，发现自己又回到了塔顶，置身于一个星系的黑色肉体之下，离得是那么近，所以他能用指尖滑过夜空的弧线，仿佛滑过一个女人的裸背。然而，他知道自己此刻真的在这里，因为他想起了往事。在那里的广场上，他凝视着天空，听到有人在他的耳边低声说道："杰西，宝贝。"他记起这个人比他记起自己的名字还要快。但毕竟，坎迪对每个人都叫宝贝，包括她自己。

午夜梦回

1968年5月

新专辑评论

在新闻事业中（如这本杂志）没有什么比在一篇文章（如下面这篇文章）之前先发制人的合理化（如这篇编者按）更能传达出一种懦弱的情绪，除非是决定完全不发表，我们编辑部对此已经有了很多令人不安的讨论。这篇“评论”原本有一万五千字，我们删去了将近四分之三的篇幅，是未经请求就提交的，没有专业表述的负担。据说，他是田纳西边远地区的一个男模特，一个非常性感的（或者是我们的女员工这么坚持认为）大卫·克洛科特[①]，熟悉沃霍尔先生的工厂，最近几年一直是那里的常客，作者以前从来没有发表过文章，而且他的身上没有任何东西能让人相信他的资历，我们指的是对英语的简单掌握，更不用说是对音乐的理解了，而这是创办这本杂志的基础。尽管我依稀记得几年前围绕该评论表面主题的欧洲迷你现象，但它是作者热情、疯狂、震怒、轻蔑、狂躁或愤怒的根源，或者不管到底如此狂热地说什么，不要担心我们中的任何人已经忘记了奥奈特、迈尔

---

① 大卫·克洛科特（1786—1836），美国政治家和战斗英雄。

斯、柯川、迪兹·吉莱斯皮[①]，也忘记了当时的迷幻药。那么，我们为什么要发表这篇文章呢？因为在麦克道格尔上上下下折腾得筋疲力尽之后，我们不能不去发表。好吧，听着：把信留给我们，好吗？我们保证不再这样干了。

编辑同仁

① 以上均是爵士乐传奇大师。

你不是舞者（你可能是个情人）J. 保罗·拉蒙和甲虫兄弟（威·杰）

他妈的查理·帕克。现在你注意到了吗？因为我来这里就是为了破坏你的品位，给我来一个声音末日。我没有把坎迪·达林的肚子从我的啄木鸟身上移开（我死去的孪生兄弟可能已经有了声音，但我向你们保证，女士们，我得到了话语和所有的男子汉气概），也没放弃应得的宝座，是西方文明产生的最帅的男人，直到我开始用 2.93 美元的大话来给你买一个长期玩家，讨论文化进化论和所有这些学术界都喜欢的后结构解释学——不，我没有那么麻烦（你是在找麻烦吗？你来对地方了），现在你可以不用管我了。因为我在这里说的是你美国的故事，怪我是没用的。你才是活下来的人，你把它搞砸了，难道不是吗？你肯定知道。

现在没有意义

去回顾过去十五年，让我们回顾一下联合大道七百个街区的某个路口，那里的耶拉公鸡正以每分钟四十五转的速度在阳光下啼鸣，音乐可能已经走向了完全不同的方向。你使自己的有色人种疲于奔命已经四百年了，并且你有一些漂亮的白人女孩以为她们可能喜欢跟其中一些英俊的黑人男孩跳舞，而在那一刻，所有人需要的只是一首合适的歌，如果你愿意的话，那就是一首颂歌，一个黑人灵魂被困在合适的白人身体里的声音。但是，这并没有发生，所以你们得到的只是短暂的摇滚乐和狂热节奏，也许你们中的一些人还记得，一个音乐贫民区有一些古怪的牧师、任性的理发师、盲人店员，甚至是一些疯狂的白人福音派教徒在反抗，直到那个贫民区被社会惯性、道德恐慌打倒，任何反抗既定秩序的策略都失败了，最重要的是，真空可能被一个巫师占据，这个巫师可以将一代人的集体困惑炼成无情的歇斯底里。你看，我告诉过你，我会找到一些价值 2.93 美元的单词，但我刚刚用过的那些可能仅仅值 1.27 美元。

所以一切都分崩离析除了

这些唱片传到了大多数美国人从未听说过的海外港口——加莱、勒阿弗尔[①]、多佛和利物浦，当军队把我从胡德堡运到弗里德堡的时候，我自己就注意到了这一现象，呃，好吧，也许我们不该在此谈论。不管怎么说，演奏这种经过渲染的美国音乐就是这些银色披头士乐队，这是一首英国流亡五重奏，我在易北河的一座喧嚣的德国小镇上见过，在那里，即便是像我这样美丽的逃亡者，也能在瘾君子、妓女和一般邪恶的人面前贬低他那种烦躁的自我。西尔弗夫妇在英国不会因他们精心制作的爵士乐而被捕，他们在德国演出，更重要的一点是（你猜是我在不着边际的谈话中忘记了更重要的一点，但我没有，先生），乐队一直在变好，过了一段时间，他们自己也有了一些追随者。他们换掉一两个薄弱环节（不再是“银牌”），然后他们是一个四重奏，有几张唱片和一个真正的本地粉丝，你可以称之为*狂热*。

但是，你知道成为伟人不可避免的一部分就是幸运。大约十八个月后，我们可爱的披头士的运气就没了，因为就像所有其他英国人的感觉一样，在这些意志一致的州里，他们根本就回不去了，他们的唱片很快就销声匿迹了，因为那个美丽的汉堡小姐根本不是小姐，这就是我要说的有关那个特定主题的全部内

---

① 勒阿弗尔，法国北部海滨城市，上诺曼底大区滨海塞纳省。

容。不管怎么说，如果有人为这首歌打下基础的话，那整个摇滚乐可能会在这里大放异彩，尤其是那些白人女孩，她们正在寻找一些——嗯，我不知道该怎么说——恶臭的黑色，而不是奶油糊的大不列颠狗屎，也许我不必告诉你，当一些伟大的东西就在你的指尖的时候，你却抓不住它，那么，人类的灵魂就会有一点消亡，是的。当你知道自己曾经的辉煌一去不复返的时候，你也会失去自我，或者你会变得怪异，有一段时间乐队的领队——他们的假名叫温斯顿·奥布吉医生和詹姆斯·保罗·拉蒙——变得很奇怪，然后奥布吉医生像乐队的第一个贝斯手一样回到了德国，他死于某种怪异的头痛，这我不是在生编硬造，大家都说这是一个真正的悲剧。于是，回到英国的詹姆斯·保罗变得更加怪异，他是剧组里的先锋派，他发展了斯托克豪斯循环以及与青少年心理剧交叉的整个室内阴极空间化这一派。

好吧，混蛋。

我跟你的乡巴佬音乐玩得够久了吧？我丧失了足够多的警惕，颠倒了足够多的介词吗？如果我参与最后一次乡巴佬表演，再挠挠我的乡巴佬蛋蛋痒痒，为最后一片肋骨酱和羽衣甘蓝打个饱嗝，我们还能继续吗？因为我们现在正进入故事最精彩的部分，噢，最精彩的部分，你们这些尾端有G音键的小宝贝，我来给你们带来狂风暴雨，黑色暴风雨。据大家所知，在遭遇挫折的上帝和听众的冷漠之前，我们的杰炮是个乐天派，这让他不断发展的音乐愿景变得苦涩，这时候他把乐队名改成了现在的撒旦变体，返回德国——不久之后，这张正在讨论的新专辑就录制好了——有传言说，我们的英雄在凯泽凯勒[①]俱乐部外面被一个女人用刀捅死，有人听到他的临终遗言“有一道阴影笼罩着我”或“我早已不是过去的我了”，这要看是谁说的。也许他在最后几秒钟看到的是我——音乐死神——这将使这张专辑成为一个合适的墓志铭，哪怕它可怕的黑色碰撞声也没有。

---

① 凯泽凯勒，位于德国汉堡。

碰撞声让我们

想到了盘子叮叮当当的问题，那把左轮手枪来自音乐另一个世界的一份杂音文件，对爵士乐知识分子寡头的猛烈抨击（现在至少已经涨到了 2.08 美元），一把由两首曲子组成的长音乐播放器，伴随着一种叫做“电吉他”的、被遗弃的精巧装置。这把吉他曾经风靡一时，尽管很难理解，但它的声音比维斯·蒙哥马利[①]还响亮。第一部是令人痛心的《巴塞罗那（阴影花园）》，这部电影可能会让保罗与奥布吉医生再次重逢，也可能会解释保罗爵士在大条顿尼亚[②]发生的一切，从而引发了恶意牵连，因为医生已被逐出了自己的乐队。随着它的旋律逐渐消失在各种形式的钢琴敲击声、随机的鼓声、狗的叫声、拿杜松子酒的漱口声、垃圾的沙沙声、印第安人的呐喊声、结核性的砍杀声和吹箫的喘息声当中，这首歌的第一面是我们这个疯狂世纪的声音，它的肉体像叶子从树上落下一样从我们的时代掉落下来。接下来，我的同道们因我们的杰作致命的一击而遭到背叛和玷污，就像我的孟非斯的奇思妙想一样，这部长达二十六分钟的史诗思考了一个像夏娃和亚当一样古老的假设：“为什么”（小宝贝）“我们不在路上做吗？”因为没有人会观看，直到第七节，在同样的诗句唱了三十遍之后，我们的主人公甚至在该隐把亚伯彻底改邪归正之前就显

① 维斯·蒙哥马利（1925—1968），美国爵士乐吉他手。

② 条顿尼亚，日德兰半岛北部的部落酋邦。

露出了人类背叛的曙光（如果你知道事情的来龙去脉，那老大哥是完全可以原谅的，因为该隐是上帝派来杀亚伯的杀手，否则他就得自己动手了），保利把歌词稍微改成了“有人将会观看”，我们都知道那个人是谁，难道不是吗？原来的偷窥狂。如果你认为他会转移视线一秒钟，那你就不了解神或人，不，你不了解。上帝看到了，是的，他看到了，犯下了最初的错误，因为第一对男女犯下了最初的罪恶，这就是我们衍生出来的污秽，不是人类的性事，而是神化的观看，而且从他妈的谋杀案来看，当时自相残杀是唯一的办法……不管怎样，我们没有说到点子上。你不能再让我偏离轨道了。到了第九节，保罗唱的是“妈妈将会观看”，到了第十节，就是赚钱的机会了，“我的哥哥将会观看，”我们又回到了该隐和亚伯身上，除了这次谋杀是对心灵的打击，就像妈妈对弟弟的爱是对该隐的打击一样，所以谁能责怪他呢？希望你们当中那些痴迷魔法的人能够理解，除了让我想到整个传奇故事的一个附言，没有什么可以补充我们对这张美妙碟片的评价了，我相信我驻扎在弗里德堡时发生的一切，我相信［噢，我的天哪。——编辑注］有关我驻扎在弗里德堡时发生的事情，我在那里没有看到所有游行和训练的意义，超不过七八千字，考虑到四十年代的欧洲还是一片狼藉，只有一堆摇滚、尸骨，更不用说我从中士那里得到的所有嘲笑，还有其他人那些奇怪的表情，因为考虑到我是宇宙中最美的男人，所以我控制不了，我没有要求这样。

因此，有一天

我就动身去跟一位小姐待上几个月，她以普鲁士方式跟我在一起，成熟的小动物，汁液流淌，巨大的果实摆放整齐，还有，呃，等等……什么？好吧，我相信我几乎把自己的话题完全岔开了，我敢肯定，这一切你都不想知道。一言以蔽之，我决定在某个夜晚秘密行动，找条船载我回家。所以，我风风火火地往北走，就到了汉堡，我在凯泽凯勒、英德拉或星俱乐部这样的场所听到了西尔弗斯乐队在他们早期新颖的盎格鲁蓝调音乐时期的演出。后来有一天下午，我在一家酒吧闲逛，注意到旁边一张桌子上有一个身穿黑衣的金发女郎，她不是附近的打工妹，头发剪短了，旁边桌子上摆着相机，只有当我的目光移到跟她在一起的绅士们的身上的时候，我才意识到她们属于银色派，包括我之前提到的那个后来突然死去的人，今天下午在汉堡咖啡馆他和金发女郎走了，留下奥布吉医生一人，突然意识到我一直在看着那个金发女郎，他一直在望着我。

他敏锐地

看了我一眼，这让我感到不安，尽管我对天体的美丽感到厌恶。而这位好医生不是这样推测我的。他的嘴角微微含笑，但他眼冒怒火。他对我很生气，据我所知我们从来没有见过面，所以我无法想象那将会是什么，但看来我们要有话可说了，唯一的问题是谁会和这个面对面的人见面。于是，我拿起啤酒，悠闲地走过去，说："你好吗？"

"是的，"他说，这听起来不完全像是我的回答，"请坐，伙计，"他指了指桌子边一张现在没有人坐的凳子，"何不坐下呢？"而且说实话他说话的方式有点儿敌意，我想知道他有什么可抱怨的窘境。不管怎样，我还是坐下来，决定给这个狗娘养的施点魔法。"我在俱乐部里见过你，"我说，"从你和你的朋友那里得到了极大的乐趣。"

"对吗？"他说，"好吧，那我想一切都会好起来的，对吧，"他说的每句话都是这样讽刺的，"因为你从中得到了很大的乐趣。"我有点儿生气，但尽我所能保持魔法攻势。

"也许可以给自己做些记录，"我建议，"我打赌你可以做得很好。"

"噢，你这么想，是吗？"他说，"我们可以剪一些唱片吗？"

是啊，我刚说了，混蛋。但是，"为什么我一定会做"，全都是南方之魅[1]先生。

---

① 《南方之魅》是由皮特·加西亚（Pete Garcia）执导，卡梅伦·尤班克斯（转下页）

“那我们就在路上了，没有什么好担心的，是吗？”

呃，“好吧”。

“因为你觉得如果我们录制唱片，我们会做得很好，是的。”

“听着，伙计，”我受够了，“我不知道是什么外来的国社党[①]虫子钻进了你的屁眼，但我只是想友好点儿，觉得我不介意跟一个能说一些让我听懂话的人聊聊，看看我是如何理解你的一些行为的。我到底对你做过什么啊？”

他尽量斜靠在桌子上，让自己的脸尽量靠近我的脸，好像是要我给他一拳，盯着我的眼睛说：“你简直是天生的傻瓜，伙计。就是这样。”

（接上页）（Cameran Eubanks）主演的一部美国真人秀电视连续剧，记录了居住在南卡罗来纳州查尔斯顿的七位社交名流的个人生活和职业生涯。

① 国社党，是指二战期间德国的国社党，即纳粹党。

我现在明白

这个好医生的下场了。“好吧，先生，”我说，“我对此无能为力，不。”

“这是有争议的。”他说。

“不一定，”我摇了摇头，甚至笑了一下，也忍不住笑了起来，一直以来他都有着跟其他任何东西都不匹配的笑容。“我问你，”他说，“你会唱什么？”

“为什么我肯定能唱歌，”我说，“任何一个南方男孩都能在暴风雨中唱歌。我是个好歌手。”

“好吧，那好吧，”他向后靠在凳子上，最后从我的脸上抬起脸，双臂交叉在胸前，“让我们听听吧。”

“那又怎样？”

“唱吧，一是为了钱，二是为了演出。”

我清了清嗓子，给我的扁桃体做一点儿热身——“咪咪咪咪咪”——又清了清嗓子。“一是为了钱！”我顺其自然。“二是为了表演！”酒吧里的每个人都转过身去看，有那么一会儿，他只是坐在那里看着，微笑从来不变，目光从来不变，双臂依然交叉，我估计他和其他人只是在试图理解我的柔和语调是如何与我的容光焕发相互匹配的。“噢，太棒了。”他最后说道。

“我对你说过。”我得意洋洋，表示同意，然后才意识到他觉得我的歌声根本不靠谱！他又向后靠在桌子上，嘴里嘶嘶有声：“真丢脸，”他简直是当面朝我吐口水，“我们为此放弃了他？”

“呃，”我说，尽管我告诉自己我很困惑，但也许没有那么多，“‘他’是谁？‘我们’又是谁？”

“我们是流血的人类，就是这样。”

我告诉自己我不知道他在说什么，但我内心有一种感觉，好像突然之间我的心是一块石头，不是沉在我的脚上，而是正沉到更深的地方。“你说‘他’是什么意思？”我说出来，嗓子都哑了，简直都说不出来了。

谁知道呢？也许他听到了我说话时的颤抖，这并不能让他完全开心，但他放松了点儿，抽出一支烟，点燃。他端详着我，然后说：“算了吧。”便将整件事挥之而去。

但是，我想他知道我忘不了。“‘他’是什么意思？”我沙哑着嗓子又问道。

他吸了一口烟，我想他会把烟吹到我的脸上，但他没有。“成为伟人的一部分就是幸运，”他最后说，“不是吗？你在合适的时间、合适的地点，他们……”他在酒吧门外点了点头，“为你准备好了。他们一直在等着你。比利·奥莎士比亚早在一个世纪前就出现了，同样的家伙，同样的天赋，这给了他什么？在流血的玫瑰战争中的黑死病或撞击，某个亨利国王和某个理查德国工互相掐住对方的喉咙，是的。或者他出生在中国农村——该死的每个人对《哈姆雷特》的理解都入木三分。相反，命运把他安置在伦敦上游，这个世界上最埃尔维斯的小镇，莉兹一世登上王位，约翰内斯那个克劳特伯格及时发明了印刷机，把比尔的所有戏剧都印出来，让每个人都能读到。”他说：“那么，在讲故事、表演或唱歌的家伙之间，这有点儿阴谋，还有那些倾听、观看或跳舞的人。如果一方或另一方不参与阴谋，那又有什么好处呢？那我们就当同谋吧，这就是你要问他们的，你最好该死的希望他们有兴致，你知道的。事情就是这样。”他一边说，一边把身子靠在桌子上吐出了烟圈：“保罗、乔治、皮特，甚至该死的斯图，如果他还喜欢的话，我们就会像你说的那样录制唱片，我们会玩得不亦乐乎的。也许可以在家乡过几个月，有点儿小小的荣耀。但之后，一切都会结束，事情可能会发展成这样，我们可能会改变这个该死的世界，在我们之后一切都不会一样……是不会发生的。因为这是在美国，无法回避，尽管我们很想这么做。不管我们这里的人有多讨厌它，只要你像我一样从鬼地方出来统治世界——现在已经没有什么东西可以撼动美国了，不是吗？因为你们这些美国佬永远不知道该如何对待我们，因为他才是开始。我是说，隆尼·多尼根[①]很好，对吧，但他就是大爆炸，他从来没有发生过，他从来没有让任何人瞥见这一切可能是什么——我说的不是音乐，对吧，因为我们都是从黑桃上偷来的音乐。我们谈论的是那个时刻，他就是这样，我们谈论的是在他之前什么都没有，而我们却搞定了该死的你，不是嘛，你这个连歌都唱不出来的人。所以，我会做一段时间，然后重新拿起铅笔或画笔，或者是给未来的我传授艺术，就像我所有的授课老师一样，他们什么都不会做，还想教我。”他从凳子上下来，“三个准备好——这是这首歌的下一行。但是，没有人能到三号，因为我们需要他把我们送到那里，还有你，伙计，你根本没有流血的意思。”

① 隆尼·多尼根，噪音爵士乐的代表人物，在披头士之前红极英国。

好吧，编辑先生，也许

我们只是想剪掉［编者注：在原稿的这一部分，铅字的墨迹弄脏了，字迹模糊——也许我们只能从一个作者的眼泪中以一种难以读懂的方式推测］这整个最后一部分，因为［条纹较多］我肯定不知道［难以读懂］这一切是怎么回事，无论如何，除了我认为它似乎是一些启发性的部分，就像我之前说的那样，那是你的黑暗前奏曲之一。我想也许我已经结束了。但是，你还没有读过音乐死神的最后遗嘱。你还没有听过我那灾难性的清算日的最后一声巨响。我才刚刚开始。因为当一个人从任何命令或目的中解放出来的时候，当一个人不仅仅是出生在他自己的时间和地点，而是完全没有时间和地点的时候——那才是一个真正不受约束的人，一个逍遥自在的人。我会坚持自己的观点，直到没有人再听到我的歌。直到世界听不到最遥远的歌声，最后的每只鸟的啁啾声都被扼杀了，每一阵风吹过的钟声都被窒息，没有一片音乐的土地不受我描绘的土地的影响。我会提出我自己的观点，直到不是土地，而是地图本身就是重点。

J. G. 普雷斯利

第 3 音轨和第 4 音轨
《乌利·布利》和《明天永远不知道》

二十世纪六十年代中期的一个春天［齐玛和帕克的父亲在他的日志中写道］，在二十世纪那场具有决定性意义的冲突二十年之后，在这场冲突中，最后一次如此无可争议地描绘出了善与恶，一家美国新闻杂志的封面用醒目的红色字体和黑色背景配上了“上帝死了吗？”。无法知道，时间是一条影子公路，由连续的环形交叉路口组成，偶尔“之后”会在“之前”前面。也无法知道，相隔五千英里的两种反应，不出几天还是几个小时，被在报摊上出售的杂志记录下来。第一种反应，双语倒计时（一！二！一，二，三，四！）通过得克萨斯州（途经孟菲斯市）到达美国的混乱，是：谁在乎呢？第二种是在伦敦一家录音室录制的无调性宇宙低吟，一部分以《西藏度亡经》[①] 为基础，部分以歌唱家的自尊心的抽搐为基础，采用西方、东方混合打击乐以及一种由循环和支离破碎的人声组成的音乐般的声音设计，这有什么关系呢？当时一位著名文化评论员认为，第二首歌的四位音乐家是“想象中的美国人”，美国代表着他们梦想的来源和实现，一个大而贪婪的想法足以宣称这些音乐家是美国人，就像美国声称它选择的任何东西一样，包括神圣的死亡。

---

① 《西藏度亡经》，又称《中阴解脱经》，公元八世纪时被写成经文。

第 5 音轨和第 6 音轨
《拉班巴》和《时间的问题》

这首歌是二十世纪五十年代的一首热门歌曲，最初是用西班牙语演唱的来自韦拉克鲁斯[①]的 B 面歌曲，是对五十年前唱片几乎不存在的一张唱片的翻唱。这位墨西哥裔美国歌手今年十七岁，无影无踪，估计快要死了。一年后，在中西部巡回演出的时候，他“赢了”掷硬币的机会，这使他坐上了一架注定毁灭的单引擎富豪号比奇机；一个拉丁裔洛杉矶人为他哀悼，他们需要的是幸存者，而不是烈士。事实上，1959 年 2 月 2 日，这位年轻的游吟诗人从爱荷华州的大雪中抬起头来，思索着那架小飞机冒着滚滚浓烟的残骸，然后痛苦地挣扎着站起来行走……他不知道自己身在何处，后来也说不清要过多久他才会来到祖先的土地上。在接下来的二十五年里，随着年龄的增长，他对自己的承诺逐渐淡化，但他始终坚守着对墨西哥家庭的承诺，那就是在他的出生地过上更好的生活。很多个夜晚，他冒着生命危险试图穿越无情的边界，一旦最终安全抵达，他就会从边界的另一边派人去接他的妻儿。“这只是时间的问题。”他向他们保证。在他最后一次尝试的那个晚上，他已经步入中年，渐渐地放慢了脚步，把妻子搂在怀里，像往常一样在她的耳边低声说道，一切都会好起来的。

但这次，他有一种奇怪的感觉，她也一样。

---

① 韦拉克鲁斯，墨西哥韦拉克鲁斯州港市，濒墨西哥湾。

齐玛八岁那年

在她的父亲开车穿过他们居住的峡谷的汽车后座上，她常常会看到在村子中央棕色皮肤的男人聚集在树下，他们从六英里外的海岸搭便车而来。他们等着像齐玛的父亲这种人来雇他们修剪树木、修建栅栏、修理车道或油漆车库门。如果齐玛的父亲把车停在村子里，到邮局寄一封信，或者到杂货店给女儿买玉米片，那些棕色皮肤的农民工就会从树下坐着的地方站起来，想知道他有没有工作给他们做。“没什么可干的，对不起。”她的父亲会说。

有时候她的父亲

即使需要也不会停下来，因为他不愿告诉布朗家的人他没有活儿给他们干。齐玛坐在后座上，听到无线电里有人说她从窗户里看到的那些人是罪犯、走私犯和毒贩，她开始害怕起来。新闻报道说，这些人是个部落，他们越过边界前进了不到一百英里。

对一个不同肤色的八岁孩子来说，别人棕皮肤的特征格外鲜明，就像对动物的踩踏和蝗虫云的描写一样。在父亲厌恶地关掉无线电之前，齐玛会对昆虫人的描述感到震惊，因为他们秘密携带了大量的麻醉剂，在生理上变得畸形。她担心，当她的父亲对农民工说“对不起，没什么可干”的时候，他们可能会生气，如果说他们有任何表现的话，那就是他们只是一副失望的样子。

一天下午

齐玛的一个同学的弟弟掉进二十英尺深的缝隙。四岁小男孩的小头骨撞碎了一部分，而上边的医护人员和消防部门无助地俯瞰峡谷，寻找着男孩的位置。不出几分钟，这一事件就震惊了峡谷。这使得沿着另一条 27 号公路从北部山谷向海边拥来的交通瘫痪，这条公路与几年之后齐玛和她的哥哥驶出得克萨斯州的那条小道共享一条公路。一架直升机举棋不定，飞来飞去，不知道该降落在哪里，把男孩拉上来。人群聚集在一起，齐玛握着她父亲的手，这是她有生以来最后一次握着父亲的手，两人和其他人一起看着第一个呼救男孩名字的人。接着，就像月亮在太阳面前经过一样，民工们纷纷下坡，山坡渐渐地暗了下来。他们用砍刀砍掉了灌木丛，几分钟后四岁的孩子露了出来。移民们从消防车上升起梯子，在他们上方架起一座桥，消防员们爬过桥，用直升机将男孩吊起并送往了最近的医院。五周之后，这个男孩接受了脑部手术，从昏迷中苏醒过来，头上箍着一块钢板——这是他生命的一个盖子，齐玛想象着可以不时地从钢板上看到峡谷太阳的反光。

我们想要电波

当帕克和齐玛穿越堪萨斯州，进入内布拉斯加州的时候，头顶上看起来像是灰色雨云——除这些天之外，云总是看起来像雨，尤其是那些从不下雨的云，它们全都是这样——烧焦的干燥携带着云走向未来。在劫持了所有的音乐之后，帕克和齐玛深入到大陆中心，因为更多的旗帜显示着传统的十三道红白相间的条纹，黑色区域通常是星星所在的地方。一些照片上的耶稣怒目而视，头发像摩托车手那样梳到耳后；另一些则描绘了一位前总统身穿红衣，犹如新闻杂志封面用红色驱逐被废黜的暴君和战时的敌人。

帕克尽量待在公路上，这样凯美瑞就不会被拦截。他尽其所能在交通灯前多次接近，以免完全停下来。但是，在道奇城[①]外郊区的一个空荡荡的四向停车场，几秒钟后邻居们从他们的房子里纷纷出来，一百多人从门外穿过他们的草坪蜂拥而出。人们围着汽车左右摇晃，使劲敲打凯美瑞的车顶，敲打车窗。高喊着：让我们听到！让我们听到！

---

① 道奇城，位于美国堪萨斯州。

符文

人们用方言冲那辆车叽叽喳喳地说着一些帕克和齐玛都听不懂的、模糊而又难以定义的恐怖话语：凯蒂·佩里！酷玩乐队！“你们都怎么了？”帕克嚷道。他们的车子熄火，他开始摇下车窗跟他们讲道理，但齐玛在副驾驶座上恳求道：“别摇下车窗！”同时锁上了车门。人们把脸或耳朵贴在她身边的玻璃上面。“我们不是自动点唱机！”帕克试图告诉他们，“这只是我们爸爸的旧播放表！”

一位七十多岁的女人从帕克摇下来的车窗里探进头来。“那是什么？”她对着从车里传来的歌声说。飞机过来了，所以你最好……她愤怒地转向白发苍苍的丈夫，这应该是她几天来听到的第一首音乐，她觉得自己受到了冒犯。“为什么有人会听这样的歌？”妻子问丈夫，丈夫却根本不理会她，只是看着帕克，并张大嘴巴，想让什么东西溜出来，感恩而死从他的唇边展开。

叛国罪

帕克和齐玛不清楚得克萨斯州、俄克拉荷马州、堪萨斯州和内布拉斯加州公路沿线的国旗是不是飘扬在“正式”分裂的领土上空。“正式”一词措辞不当，因为所有的分裂宣言都没有得到任何人的认可，只有那些宣布这些宣言的人承认它们。这突出表明，没有人知道发生了什么，只是没有人相信这个国家，而且可能从来没有。跨越州界，帕克听说有人出示护照，在某些情况下被迫签署分裂誓言，这在其他州被视为重罪，有可能是叛国罪。

国旗上出现的那位总统 X 已经五年没有当过总统了，但他并没有让自己的货币贬值，因为他是一个会团结那些憎恨自己的人。对于决裂，他把第〇年具体化了，他的继任者认为与第一年或第一年半无关。我们不能否认这位前总统的肤色对公共关系的价值，就像帕克的非洲妹妹一样；齐玛没有提到旗帜，并不意味着她没有注意到它们。在公路上，她在座位上坐下来，帕克离开了快车道，他担心银色凯美瑞过于显眼。

逃亡之歌

到了北普拉特[①]，尽管他们没有触犯任何法律，也没有公路巡逻队在追捕他们，但他们是某种逃亡者。没有人向他们发出全境通告。相反，他们的音乐可以跨越州界，畅行无阻；进入分裂处，帕克预计会被一次次地拦下，边界警卫挥手示意他们的汽车继续前进。帕克很快意识到，他们知道是我们，并被告知让我们通过。

帕克的女朋友在温哥华接受治疗，被禁止与外界联系，于是她的短信就断了。帕克并没有被吓住，他与她分享了自己在一家音乐流媒体网站的会员资格，并通过歌名进行交流。“什么时候会有人爱我？”他问道。“伸出手来，我会在那里的。”她向他保证。“我们的爱到哪里去了？”他从一段飞舞的旋律中呼喊，声音渐渐变得缥缈。“在某个地方，”她只来得及推测，“在彩虹之上。”

① 北普拉特，美国内布拉斯加州西南部城市。

大篷车

现在，随着所有歌曲的消失，这种联系方式也消失了。他们的关系不是死里逃生，就是永远失去的幸福时刻——帕克多年来都不知道会是哪一个。对游牧民族来说，西部已经吞并了所有其他的象限，他和妹妹试图在城市传说和口口相传之前留在一个城镇，但越来越徒劳。在曾经排名前四十的广播时间里，主持人都在报道帕克和齐玛的进展情况，他们兴奋地宣布："孩子们，超音速正在行动！"兄妹俩的轨迹可以预期："我们预计他们将在明天前夕到达州界！因此，请随时给我们贴出你们的最新发现。"

他们后面有一辆大篷车。别的汽车靠在旁边的车道上，司机和乘客探出身子，示意帕克和齐玛摇下车窗。直升机紧随其后。在追逐和睡觉的时候，兄妹俩把越来越有名气的凯美瑞停在汽车旅馆最黑暗的角落里。吃饭的时候，他们把车开进最黑暗的小巷；在美国83号公路上的各家餐馆，帕克叫外卖的时候，齐玛在车里等着。当广播既不关注兄妹俩，也不关注一个进入南塔不再出现的警长的时候，它会报道双子塔消失得无影无踪，然后重新出现：两张来自上帝的大银便利贴，帕克想，她不再胡闹了。

尘归于尘

对双子塔所在的位置进行空中除尘，以确定它们是不是依旧屹立不倒。在那些没有看到双子塔的人拍摄的视频中，灰尘如雨点般纷纷落下，覆盖了地面，而那些仍能看到这些建筑的人拍摄的视频，则显示了布满灰尘的建筑。一些人建议，也许其中一架雷达上不再显示建筑的飞机应该飞过这个空间，以确定它们消失的真实程度，但大多数人认为，驾驶飞机撞击双子塔——甚至是进入双子塔，可能不再具有攻击性的空间——的想法，无论是在心理上，还是在象征意义上，都令人无法忍受。

与此同时，美国歌唱的音乐逃之夭夭。这句话从美国人的唇边和耳边溜走，尤其是那些声称自己是最美国化的美国人，他们亵渎了美国的一切本该是美国的东西。当帕克和齐玛开车经过印有“分裂”字样的旗帜的时候，当他们经过张贴有“分裂”字样的铁丝网的时候，从地面上升起一大片听觉上的碎屑，一种可怕的白蚁的声音，以音乐死神为食，留下了一道阴影。震耳欲聋的地球在兄妹俩的面前翻滚，一片背信弃义的暴乱景象接踵而至，被那些宣称最支持美国的人扫射一空。

校音

时速表显示出月光的行色匆匆，五十英里的寂静过后，帕克和齐玛关掉了音响系统，只听到音乐声。他们盯着断电的接收器，音乐微弱得像是从另一辆车上或从路过的房子里传来的。帕克把听筒打开，关掉。“我不明白。”他一边说，一边环视车内，寻找答案，目光越过自己的肩膀，落在后座上。“请看路。”他的妹妹说。当她睡着的时候，他几乎可以发誓自己听到了一首他的父亲曾经喜欢的十九世纪民歌，只是歌词不同：噢，暗轨，我渴望搭乘你。出发。

帕克对他的妹妹说：“你听没听见？”当凯美瑞驶进内布拉斯加州瓦伦廷市郊的时候，这首歌的声音在达科他州以南十英里处越来越大，宣告了下午他们的到来。街道的一边是一片田地，另一边是一个上帝教会的集会，四十个不比帕克小多少的男孩立刻团团围住了车子。人群变得越来越不友好，帕克和齐玛已经默不作声、不管不顾地结束了谈话。一个大一点的男孩用棒球拍敲了敲驾驶座一侧的车窗。

关 / 开

兄妹俩互相看了看。车外的男孩拿着球拍又用力地敲了敲车窗。最后，帕克摇下车窗。“嘿。”他说。

“出去。”男孩说。

“你是要偷我们的车吗？”

“别这样，帕克。”齐玛低声说道。

“他们是要偷我们该死的车。”帕克转向她，然后又转向窗外的男孩，“别伤害我的妹妹。你要是伤害了我的妹妹，我就从你们这些混蛋的身上轧过去。”他指着自己面前的那些人说。

男孩们的头头朝车里瞅了瞅。“你的妹妹？你这样说话啊。我们才不管她呢。出去。”

“没有车，我们该怎么办？”帕克问。

远处，翻倒的卫星天线像毒菌一样掠过平原。“是他们。”外面的那个男孩挥舞着球拍向其他人确认。

帕克回头看着齐玛。“我们要出去吗？”她低声问道。

“我想我们要么把车给他们，”她的哥哥回答说，“要么他们把我们的车砸碎。”他打开他这边的车门，齐玛也打开她那边的车门。

开 / 关

播放父亲歌曲的手机放在汽车无线电下面的摇篮里。“别忘了，”帕克对妹妹说，朝手机点点头，但齐玛离开了它。“你听见我的声音了吗？”他问。

“别管它，”她低声说道，而且帕克伸手去拿的时候，她一把抓住了他的手腕。她用比他记忆中更尖锐的目光看着他。那个拿着球拍的男孩越过帕克的肩膀，说：“你的曲子是怎么放的？”那个男孩指的是手机，“是啊，你别管那该死的了。”

“他妈的。”说着，帕克丢开了它。

兄妹俩从汽车边退去。帕克站在街上，双臂交叉，怒视着一群男孩，齐玛转身朝教堂方向走去。

音乐从车里淡去，然后就消失了。

人群目瞪口呆地盯着那辆现在无声的汽车。那个拿球拍的男孩看着帕克。“你做了什么？”

帕克说：“我们按照你的吩咐下车了啊。”

“你把它关了？”

“我什么都没关。”

向全世界发出召唤

男孩把球拍放在他旁边的副驾驶座上，坐上驾驶座。他搜索仪表板。“你把车关了？”他又问道。

“车还在运转，”帕克回答说，“这是一辆混合动力车。”

另一个男孩把一只手搭在车上。“还在运转，雷，”他对那个开车的人说，“一辆不会发出噪音的城市车。”

雷在驾驶座上说：“我们怎么什么都听不到啊？”

“就像我刚才说的，”帕克告诉他，“这是一辆混合动……”

“曲子，不是那该死的车！为什么我们听不到曲子？”雷拿起齐玛的手机，“这个开了吗？”

“噢，天哪。”帕克低声咕哝道。

雷拿着棒球拍从驾驶座上跳下来。“你做了什么？”他一边凶神恶煞地朝帕克走去，一边问道。

帕克可以看到教堂那边远处的齐玛。“你说过下车，”他回答说，“我们下车了。”

雷喊道：“你把它关了！”

帕克伸开双臂，张开双手。“我什么都没关。”

“那它们去哪里了，伙计？”雷问。

“它们？”

“曲子！”

准备迎接全新的节拍

另一个把一只手放在汽车引擎盖上的男孩看着帕克。

“你们来时音乐还在播放。”他说，“你们这些家伙真的是超音速吗？”

雷态度坚决。“真的是。”

“为什么现在不行？音乐。”另一个男孩说。

“不知道。”帕克回答。

“胡说八道！”雷大发雷霆，“这太让人扫兴了！”

“我感觉到了，”帕克尽量平心静气地说，但其他男孩团团围住了他。“你知道什么？”他试图解释，“我们只是要去密歇根州看我们的妈妈。”

“嘿，雷？”另一个男孩说，有那么一会儿，站在二十英尺外的警长百思不解，想着那个男孩已经叫了她的名字。

男孩们转过身看着那个五十多岁的女人，只见她灰白的头发扎在后面，梳着短马尾辫。默默地过了一会儿，她平静地说：“大家现在都回家吧。”

时间正好

雷环顾四周，看着周围的人，面带微笑。“你是谁?”他问那个女人。看到警长衣领上的徽章，他问道：“那是真的吗?”“不超过或不少于这个。”她一边回答，一边把外套向后拉，露出腰上挎着的皮套。她从南塔逃出来后就一直驱车穿过崎岖地，当时她在黑暗中撞到了树墩上；在众人的等待下，她转过身，从另一座塔楼逃到了北边。

她朝着亚伦在双子塔出现之前卡车绕过的弯道的另一边走去，从此再也没有停过。她没有打开无线电，所以她不知道帕克、齐玛或超音速；她听到的只是脑海里那首伴随着召唤记忆的哨音。她以为这首歌会在离塔楼足够远的地方渐渐淡去，但这首歌并没有淡去。她开得没有哨音快，向南行驶，好像不知道自己要去何方。不过，她的确知道自己要去哪里——那是她唯一可去的地方；而且她心知肚明。

管辖权（二）

警长把车开到瓦伦廷，看见远处站在教堂台阶顶上的年轻黑人女孩，不仅不在她的管辖范围内，也不在她的州内——她到了自己的权限范围之外。她离开了自己的生活。她不再担心司法管辖权了。

她就是她自己的管辖权，就像杰西已经成了他自己的地图一样。她此刻告诉雷："每个人都想知道什么是真的。每个人都会问这个是真的还是那个是真的。它们是不是真的。"

雷说："'它们'是什么意思？"

"你知道我是什么意思。"

雷最后气急败坏地说："噢，请走开吧，老娘们儿。"但是，她听到他的声音沙哑，知道她抓住了他，他知道什么是真的。她的目光和另一个人的目光平视着，声音也和另一个人一样坚定，但已经开始颤抖，她说："我要再……一次……告诉你们。"

那些包围汽车的男孩慢慢地散去了。雷对警长闪过一种目中无人的眼神，最后踢了一脚凯美瑞的侧面，他离开后留下了一个小凹痕。帕克开始对他大喊大叫，但他自己停了下来。

藏起的歌

对于警长，他认为我收回了一半我说过的有关警察的话。他走向等候在教堂台阶上的妹妹，对她喊道："咱们走吧。"齐玛望着剩下的人群，也大声喊道："那是谁?"意思是指远处的那个女人。

"咱们离开这里吧。"

齐玛回头看看教堂，回答说："我要进去了。你去找点儿吃的，二十分钟后回来。"

帕克难以置信地说："你要去教堂?"

"等大家都走后我再回来。"齐玛说。

剩下的几个男孩望着帕克开走了车子。帕克默默地开车，直至找到一家冰淇淋店，他在那里买汉堡包：他想，我吃腻了汉堡包。如果我们回到新墨西哥州，我就可以买个墨西哥卷饼。等他回来的时候，齐玛正在教堂台阶上等着；她查看了一下空旷的街道，快步向汽车走去。"开车。"她在副驾驶座上说。

"食物。"她的哥哥指着车板上的外卖包。

"开车。"

"我数了数中间有四座教堂……"然后侧耳倾听，声音越来越低。

音乐回归。随着音量的增加，帕克加大油门，他们沿着第一条道路疾驰而过，驶向了他们听不见的地方。

埃塞俄比亚广播电台

当齐玛小时候第一次来到峡谷的时候，家人称她为埃塞俄比亚广播电台。一开始没有人注意到音乐，后来大家都以为他们听到的是从别的地方传来的，或者只是那个女孩在不停地自言自语。吃饭的时候，齐玛会因在餐桌上唱歌而受到警告。最后，她的母亲意识到是女孩的身体在哼唱，齐玛是个发射器，有时候会在几英里外接收他们父亲的广播。这让帕克抓狂。“让她停下来！”这个十岁的孩子坚持说道。

随着时间的推移，齐玛的音乐真的停止了。她从一开始就播放的任何频率都受到了家庭戏剧和个人创伤的影响，偶尔会在陆地和解的不寻常时刻返回，对女孩和其他任何人都一样神秘。现在是午夜时分，在崎岖地前最后一条州界前最后几英里的荒凉公路上，帕克吃完汉堡包后，问道：“是不是你？”

她要去哪里

他指着手机说："那些歌曲正在通过你传播，"然后指着她，"至少在你离得太远之前，就像……"他哼了一声，"过去的美好时光。"他们在黑暗中思考了一会儿。"如果我们关掉手机会发生什么呢？"他问。

她答道："我觉得你需要把我关掉。"

他朝挡风玻璃外的田野点点头，说："也许我们可以扔掉它，打开车窗，把它扔了。"

有一阵子，她没有回答，然后平静地说："不能这样做。所有爸爸的歌都不能。"

"如果我们至少能拒绝你，那就好了。"几英里的沉默过后，他脱口说道，"这不是你的过错。"她看着他，好像不知道他在说什么，尽管这个话题从来没有在他们之间出现过，也从来没有在齐玛和任何人之间出现过，但她完全知道他在说什么。她说："你的脑袋里一直在想什么，仅仅是一直在等待机会吗？"他能感觉到她在盯着他，但他的眼睛一直盯着他们前面的车头灯照出的那一小片道路。

她又在座位上转过身，背对着他，尽管她从来没有像他那样沉默寡言，但她的内心生活总是比她哥哥的内心生活更加封闭。

"我来后把一切都搞砸了。"他此刻几乎听不到她的耳语。他一时想不出为什么这些话听起来那么响，直到他想起那封解放申请，已是多少个晚上以前，现在他肯定知道她读过了。她的低语中不仅充满了沮丧和折磨，而且充满了悲伤，这是一个人在哀悼她的一生时的悲伤，为失去的生命之源而悲伤，为失去的她从未认识的家庭而悲伤，为找到的她从未相信自己属于的家庭而悲伤，为丢失的身份密码和她从未破译或披露的自我秘密信息而悲伤。

她会怎么办

一种对妹妹不熟悉的悲伤情绪，让他不知所措。“齐玛，”帕克说，“我写那份申请时比你年龄还小。”他认为这不能给她带来安慰；他也认为她会觉得自己那时有多小。沉默了足够长时间之后，他不确定她是不是还醒着，便问道：“齐玛？”

“爸爸签了字。”他听到她回答。

“我知道，”他说，“你在如今这个年纪时会觉得自己什么都懂……”

“我觉得我什么都不懂……”

“那你就比我聪明了。因为它从来都不是有关你的，所以事实上，即使在那个时候，我也有点儿明白。而你就在那里，当家里的一切都分崩离析的时候，你碰巧出现了，你让所有人都很容易责怪你，因为，”他试图拿这件事开玩笑说，“你真是个讨厌鬼。”如果她笑了，他就听不见了。他叹了口气：“你在听吗？”她没有回应。“齐玛？”

“我在听着呢。”她说，仍然背对着座位上的他。

在一片漆黑得连周围的田野都看不见的地方，他们继续驱车前进。突然，他比以往任何时候都更加强烈地感受到了年龄增长的重要性，他声音颤抖着解释说：“你知不知道他们让你从中学带回家的那些表格？对这个的许可，对那个的要求，弃权、披露等等一大堆？于是，我把申请和其他东西混一起，拿去给爸爸看，他瞧了瞧上面的那张，然后都签了字——长子的把戏，对吗？你知道这听起来很像爸爸。所以，如果你想生气，就生我的气吧，”帕克说，“但不要生他的气。至少在一半时间里，你会变得毫无头绪。我们都知道他是这样的人。”

只有当他妹妹的音乐音量降到几乎听不见的时候，他才能确定她睡着了，她的频道剧烈变化，因为她梦到了他们的父亲。帕克完全迷失了方向，只能假设他们还在往北走，因为他们依旧朝着前一段时间朝北边的方向前进。在很长一段时间里，他想到了他的女朋友，尽量忍住不哭，竭力控制自己的情绪。当男孩难过的时候，他的父亲总是能比任何人先察觉到。他在这些思绪中漂流了很久，不知道是谁在呼唤他，后来他集中注意到一个遥远的声音：醒来吧，那个声音说；最后，他听出这是他自己的声音——齐玛在远处传来的歌声太低了，他听不清。醒来吧……

他猛地惊醒。他恐惧地意识到，有那么一刻，他趴在方向盘上睡着了，现在感觉像是几个小时。它不可能超过两秒钟，刚好足够让车子偏离道路；如果你想在剩余的驾驶时间里把自己叫醒，那就试着趴在方向盘上睡着一会儿吧。

但是，他醒来的时候，发现自己心跳加速，来到了一条比几秒钟前更宽敞的新州际公路。微弱的脉冲光在他们的旁边闪烁，除脉冲的微弱光照之外，公路似乎完全没有标志。在帕克睡着的那一两秒钟里，他的妹妹播放的那首遥远低沉的歌在他们的面前像一条隧道一样打开，从两边传来的暗淡的光脉冲越来越快，直到它们变成了一道道模糊的条纹。之后，随着越来越兴奋——

和他自己咚咚直跳的
心脏的进一步加速，
他听到自己默默地喊道，

是这个吗？我们找到了吗？
秘密公路！
他一遍遍地低语，
齐玛！或者不管相不相信
他悄悄地说了妹妹的名字
结果发现他没有叫出来，
他对她说的只是一个
暗影窃听者，而且
没有任何咨询的意义，
因为他们在继续行驶的过程中
没有经过任何岔道或出口
如果他们所做的
可以称为驾驶，
这条单行道的两端
只有一个逃生通道
——假设不仅仅是消失得无影……

三

听力范围

第 7 音轨和第 8 音轨：《飞行员》和《七国军》

第一首歌是 2000 年 9 月 11 日发行的，几乎没有引起多少注意。第二首是 2003 年 3 月发行的，就在同一个月——在第一首歌之后整整一年，这个国家以煽动性的千禧年时刻的名义入侵另一个与这一时刻毫不相干的国家。所有的歌词都会从我的身上流血，唱着第二首歌，这首歌成了今年最伟大的一首，由底特律的一个前夫妇组合录制，他们假扮成兄妹，可能是双胞胎。这首歌的开场吉他即兴段变成了一首可供体育场球迷合唱的歌，声音洪亮，和谐一致。士兵们开着坦克穿过中东边界，一边哼着开头的七个音符。敌军也用同样的调子回敬，要么是振奋士气，要么是逃跑。《飞行员》也是由一对男女组合创作和录制的，他们来自伦敦，而不是底特律：装甲车行驶在天空中，它们在破晓时呈粉红色，预兆了一年后的那个早晨。它的空灵旋律会不会在美国航空 11 号班机和联合航空 175 号班机的驾驶舱中与阿塔[①]和阿尔-谢赫[②]一起飘浮在云层之上，而客机却在阳光下变成粉红色，然后呈现出火红色的血液呢？在一条鸿沟的相反两侧上，这两首歌是不是注入了一种死气沉沉的民族的精神，这个民族徘徊在自己的风景中，试图弄清命运的意义，试图弄清到底留下了哪一个孪

① 阿塔，美国纽约 9 · 11 事件的劫机者。

② 阿尔-谢赫，美国纽约 9 · 11 事件的劫机者。

生国家？哪一个是物质，哪一个是星质？哪一个是被反射的，哪一个是反射的？哪一个是太阳，哪一个是阴影？

当午夜来临

杰西醒来的时候，他真的不知道现在是几点钟，在这个巨大的商场里总是午夜，不管外面是下午两点钟还是凌晨两点钟。不管他做的是什么梦，都已经褪色了。他是不是又回到了高塔上，回到了世界屋脊，除了月球表面和一千盏灯光的闪烁，在遥远的黑暗中什么都没有，他是不是回到了似乎每天晚上都会梦到的世界最高建筑上呢？如果他必须承认这是一场梦，他差不多已经说服自己这一定是一场梦，因为他不记得自己实际上是在什么时候如何来到了这么高的空间，风会把他从他站立的地方刮到另一个地方和时间。

然而，所有这些都不是梦，而是生动的记忆和情感的特征。那首进入他的睡眠的歌还在播放；他心里想，到底是录音还是安迪新来的德国佬金发女郎在隔壁房间唱歌。“一定是晚上了。”他根据周围的活动大声肯定，然后坐在洞穴般的房间的角落里。连串摩洛哥拱门将每一面锯齿状镜面碎片衬托的银色墙壁与相邻的红墙连接起来。瘾君子——

1968年6月3日

在暗淡的角落里拍摄，任何性别模糊的夫妇都不在那里欢爱。杰勒德拿着鞭子，梅尔在墙上的投影前面旋转着，这是安迪的最新作品：裸体的人——大多是男人，所以杰西肯定不需要像安迪的电影那样，在疯帽匠餐厅什么都不做。来自北部州的珍妮特最近自称万岁，以自己的方式抨击天主教徒。愁眉苦脸的小纳粹爱尔兰佬保罗扛着他妈的摄像机，好像他是该死的外科学士德米尔[①]。杰西看见房间的另一边有个女人正恶狠狠地瞪着他。

瓦尔，噢，该死的，瓦尔，女同性恋精神病患者，凌乱的牛仔裤和工作衬衫，民谣歌手的帽子在她那疯狂的小脑袋上拉下来，衣衫褴褛，烦躁不安，几乎站不稳脚步：如果有什么区别的话，那就是魅力杀手。该死的，杰西想，即使按照这个地方的标准来看，她也会精神错乱。她只是一直对他怒目而视，然后又回来了——是今天下午早些时候他在外面撞见她在台阶上走来走去，伺机去找人要面包，还是把她最新的一篇有关砍掉所有男人阳具的论文给安迪，就算她不能在这期间花五十美元吸一口？

---

① 德米尔，全名塞西尔·布朗特·德米尔（Cecil Blount DeMille，1881—1959），美国电影导演，以擅长拍摄场面豪华壮观的影片雄踞好莱坞达五十年之久，一生共拍摄影片七十部，其中最著名的有《十诫》《万王之王》《十字军东征》《埃及艳后》和《戏王之王》。

然后在门后哭泣

杰西告诉瓦尔不要乱跑，以为他把她赶走了，但她眼下在这里，是谁让她进来的呢？不可能是保罗，他总是威胁要揍她一顿——好吧，即使杰西也绝不会对一位女士动粗，把这个词的定义扩展到包括瓦莱丽在内的范围。就在离她几英尺远的地方，过去两周他每天晚上都在那里，一位银发绅士坐在轮椅上什么也不说，只是望着，微微一笑。就算那是他，在这个地方你永远也无法确定。坎迪不可能是个男子汉，杰西安慰自己，把那些闲言碎语和无意中听到的闲聊都抛在脑后吧。

但是，也有一些人对杰西拿捏不太准，就这件事而言，这太愚蠢了。杰西想着这段时间蜷缩在房间打哈欠的角落里，那是不多的光源之一，当然还有安迪的最新电影投影在墙上。同时放映的还有目前大名鼎鼎的杰西的双重形象，他穿着牛仔衬衫和皮套，但没戴帽子，拔出了六响枪，看起来真像个超级明星，只是现在大家都这样说。在那个角落里，投影仪的强光刺眼，杰西遮住自己的脸。

工厂

杰西从灯光下爬出来，活像瘟疫，先生，急忙跑到一个黑暗的角落（自我厌恶）。他意识到自己醉了。在托拉辛大提琴低沉的号叫声中，他凝视着黑暗的房间，眼睛适应了那些对街灯有着幻想的星期天小丑和蛇蝎美人，孩子们穿着貂皮大衣、黑色裹尸布和闪亮的皮靴……但我意识到也许这种喧闹正在失去魅力。自从埃迪离开后，杰西心里隐隐作痛，情绪就不一样了。

他认为，也许搬到联合广场可以给某些东西补充能量。见鬼，回到第四十七街东部，你发现自己是个精神失常的流浪汉。或者，他认为这一切，整个该死的场景都应该结束。

“你在那下面干什么，牛仔？”一个声音从他头顶的黑暗中传来，那声音不太男性，也不太女……

最小的情趣

坎迪，该死的，你有没有阳具？杰西抬头看着她。你有过阳具吗？“让我小睡一会儿，亲爱的。”杰西说。

“就这些吗？”她说，“也许我该去睡觉了，再也不会醒来。”

“说到死亡，”杰西点点头，“今晚你觉得这一切都好像快死了吗？”谁也不会担心埃迪有没有阳具，可爱的新英格兰枫树奶油小娃娃。

坎迪说：“现在是午夜。时间还早。你知道最有魅力的时刻是两点钟。给它时间，它会很精彩。一切都会一波三折，酷似猫王。”她看着另一个角落里杰西的投影。

“也许每个人都在等着你实现它……那就让它发生吧，宝贝。你知道我讨厌安静的地方，因为安静会……”

“喂，亲爱的，并不是要打断我确信这是非常诗意的想法，”他在房间的另一边点点头说，“但每天晚上坐着轮椅进来的老伯爵是谁？”

修订

杰西已经注意到那个坐在轮椅上的银发人正在望着他。噢，我的天哪，杰西想，又一个贫民工厂的幻想者在打量着我，所以贵族的利益也许根本不符合杰西的心意，至少不是以这种方式。相反，老人抽着一支细细的雪茄烟，对杰西的眼神让杰西想起之前一个年轻的黑衣汉堡人也是这样，又像有些人知道超越当下之事，如当下定义的那样。

坎迪回头问道："天哪，她在这里干什么？"

"那是她吗？"杰西问，"伙计，我真不知道我怎么能忍受这种混乱。"

"不是他，"坎迪说，"站在他旁边的——不是那个瓦莱丽吗？安迪不是把她逐走了吗？应不应该有人把她挡在门外？她为什么那样看着你？"

"他们都对我抛媚眼，尽管出于相同的原因，我感觉有些把握——但很难说是因为那个老家伙。"

D 弦

坎迪耸耸肩。“他没有那么老。还在五十岁这一边，尽管老，但并不是太老。去年头发全白了。”

“他怎么了？”杰西问道。

“堕落吧。我听说他有个漂亮妻子，他从来没有跟她在布里奇波特[①]、波士顿或纽黑文的某个地方待过。在 D 弦中丰富多彩。”

“颓废，”杰西说，“完全被玷污了。”

“肯定。”

“精神错乱，恶魔般的……”

“不过，据我所知，这也是命中注定的。他在向你抛媚眼呢。”

杰西说：“你知道这不是我的风格，亲爱的。”但是，坎迪低头看着他躺在地板上，从喉咙深处发出了咯咯的笑声，即使在黑暗中，他也会发现这不和谐。她说：“我确信无疑他喜欢那些女孩。那些都是彻头彻尾的女孩，当然只是……像……你喜欢，牛仔。”她俯下身摸了摸杰西的鼻子。他觉得有个笑话他不懂。“命中注定？”他说，试图恢复过来。

“正如我听到的，”她又耸耸肩，“他是国会议员什么的。我听说从前他打算当美国总统呢。”

---

① 布里奇波特，或译桥港，美国康乃狄克州最大的城市，位于长岛湾岸、佩阔诺克河河口。

频闪

透过波光粼粼的黑暗，杰西在电闪雷鸣般的哀号声中穿过房间。

那个坐在轮椅上的满头白发的人一动不动，目不转睛地盯着杰西。杰西拉过一张小圆桌和一把椅子。“好吧，先生，”他一边说，一边在背景音乐中大声喊道，“请你喝一杯？”另一个人只是从膝盖上举起鸡尾酒杯，然后又吸了一口薄薄的雪茄，冷静地打量着杰西。

杰西想知道那一刻老人能不能说话，于是他伸出手。“杰西，”另一个人在片刻的犹豫后握手，简单地回答，“你好。”

“介意我坐吗？”

“你已经坐了。”

“我，呃，”杰西用手势指着墙上的投影，“你可能会说这里有个超级巨星。”

那个坐轮椅的人几乎没有看杰西所指的地方。“恭喜你。”他平淡地回答，一边嘴角几乎没动。

J 键

有好一会儿，杰西试着辨别口音。“波士顿，”他最后评价说，“我觉得我对这些事情很有发言权，作为一个世界主义者——比如说，我敢打赌你是埃迪的朋友。”现在他可以看出坎迪是对的：那个坐在轮椅上的人其实没有那么老。在杰西看来，他花了很长时间来回答最简单的问题，不断衡量每一个反应，就像他不断衡量桌子对面的人那样。

确切地说，这并不是他怀有敌意。他很冷漠，对杰西的评价一直没有动摇，嘴角几乎露出一丝嘲弄的微笑，尽管他尚不清楚自己嘲弄的对象：也许是杰西，也许是那个男人自己，也可能只是当时的情况。“是的，好吧，我不相信我见过她，”他在轮椅上说，头微微颤动，微笑从未改变，眼神从未离开过杰西，“当然，对这个家庭有些了解。他们可以追溯到革命前，比我自己的早得多。”

杰克

杰西非常乐观地认为这是一次彻底谈话的开始，他点点头，事实却并非如此，他回答说："好吧，是的，先生，你说的是革命前。"现在，白发苍苍的男人又恢复了他那冷静而又敏锐的目光，透过指尖升起的袅袅细烟注视着。"好吧，如果你见过埃迪，你就会知道，她很好，或者曾经很好。"杰西向那个在黑暗中从他们的脚边蜿蜒走过的九尾猫裸女点点头。"那是玛丽。"

那个男人点点头。"对我来说，那些日子已经过去了。"杰西在椅子上做了一个最轻微的手势，但杰西并不确定他指的是哪些日子。

疯狂的瓦尔已经走到房间的中央，还在望着。她似乎比以往任何时候都显得不安。"瓦尔在那里，"杰西指了指，"你可能想离远点儿。她让自己有了消灭所有男人的念头。"

"怎么样？"

"所有的男性。她甚至为自己写了剧本、文章之类的。"

"这是怎么回事？"

"什么怎么回事？"

"杀了所有的男人。我是说，在他们都走了之后。"

"是啊，你说到点子上了。不确定瓦尔有没有答案，或许她不在乎。我听说你是在政府部门工作。"

“不再是了。”

“你刚才说你叫什么名字？”

“我没说。”

“不，事实上，”杰西说，“我以为你没说。”

“杰克，”他看着杰西和他的六响枪的投影说，“那你是怎么做的，那么，呃，当你不在的时候……你说了什么？”他第一次露出了微笑，“超级明星？”笑容变得更加灿烂，“你不在电影里吧？你不是偶然的歌手，”他补充道，“我认识一些歌手。”

大作

杰西感到一阵寒意。这是一种漂亮的微笑，另一个男人的微笑，也许在黑暗中更耀眼，只是稍微减少了他的嘲笑。他说的每句话都是冷嘲热讽、干巴巴的——但现在还有别的东西，深藏在他内心的东西。“好吧，先生，我本来可以当歌手的。”杰西抗议说，杰克反问道：“是这样吗？”

“是的，先生。只是我开始了写作游戏——就在此时此刻，我有一篇大作刊登在《午夜梦回》杂志上。”

“不能说我知道。”

“最新的著名爵士乐杂志，”杰西解释说，“当然我不知道你喜不喜欢爵士乐——不知道我是如何了解这个主题的。不管怎样，我已经成了文人墨客。”

“最后的避难所，”杰克点点头，“社交无能者的最后避难所。”

“说什么？”

“这篇大作……是有关什么的？”

“啊……”

“爵士乐？”

“不完全是，它是有关……”杰西无助地耸耸肩，“怎么？是有关……”他张开双臂，“一切！”

一切

杰克说："啊，当然是。每个作家写的一切都是有关一切的。我怀疑有没有哪一位作家写过一个词不是有关一切的。"杰西怒视着杰克，判断他是该按照自己的意愿站起来粗鲁地离开，还是受社交礼仪的约束表现得比对方或谈话中要求的更有礼貌。"我以前也是作家。"杰克补充道。

"是这样吗？"杰西说，就像刚才那个人说的一样，是同样的语气。

"记者……"

"你以前什么都写吗？"杰西强压怒火。

"我写的是历史。出版了一两本书。赢得了一两个奖项。然后我想，为什么写你能改变的一切呢？"

"所以你就改变了一切。"

"不，"说着，杰克在他的身体和椅子所能容纳的范围内尽量靠在小桌子的另一头，他的笑容消失得和闪现的速度一样快，"就是你改变的。"

变量

杰克说："你和我的共同点是我们各自都应该成为另一个人。你明白，不是吗？"这不是一个问题。

"是。"

"每个人，"他重新点燃雪茄说，"谈论……历史教训的真正含义是……"他似乎思考了一会儿雪茄，"历史的试演。历史总是为最后一场演出试镜，但从来没有兑现过，因为它总被改写。呃，要说到历史的'教训'，表明……当没有任何时刻足以像其他模型一样适用，而又没有将模型转变为足以使它成为其他事物的东西的时候，可以应用于其他实例的模型，尽管这不过时，但也没有那么重要。"

我敢肯定你说的话我根本听不懂，杰西一边想，一边用鱼一样的眼睛盯着另一个哈哈笑的人，"我敢肯定你完全明白我在说什么。"杰西想狠狠地揍那个人一顿。"所以，"那个人微微地吸了一口雪茄说，"所有这一切，呃，马克思主义有关历史学的理论……你知道的，因果关系，没有任何真正的伟人……如何想把历史变成数学或一个方程式，去掉，嗯，人们的变量，这时候你我都知道……"

冷静下来，杰西告诉自己。

"你我都知道，如果说有一个历史的教训，"那个坐在轮椅上的人说，"成为伟人的一部分就是幸运。而且这意味着我们其他人也很幸运。所以，如果我们真正了解历史，我们就必须得接受……反复无常……”

“什么？”

“随机。难以接受这个事实，如果我们……把丘吉尔或林肯从他们在时间线上的位置移动一百公里，这里或那里移动一百公里或十年，那么，一切都会变得不一样。”

“好吧，这一切都很有趣，”杰西平淡地说，“这一切可真迷人。所以，如果你们都原谅……”

“这就是原因，”杰克继续说道，没有丝毫迹象表明杰西说过什么，“唯一的一种不可能面面俱到的写作是历史。历史学家的全部观点，”他又吸了口烟，就像他对另一个人的关心一样冷静，“就是传达对将军的理解，而历史学家比任何人都更善于记录事件。盘点具体情况。我想，从更狭隘的角度来看，我应该感谢你——毕竟我还活着，如果你把这叫做生活的话，”他一边说，一边看着包裹他下半身的钢茧，“我的脊骨像碎纸屑一样摇摇欲坠，连我的名字都没有了。从一个热爱享乐主义的人的角度来看，如果我们能忘记，你知道的，不朽的虚荣，我想比殉道要好。不管怎样，”他补充道，“死去的烈士们并不是来告诉我们别的。他们是吗？”

1960年7月13日

有一次，在一家酒店的八楼阳台上，一位美国总统候选人俯瞰着以第一次世界大战将军名字命名的广场，对他面前的城市及其周围建筑中所有的黑色高窗进行了调查，一个更多疑的人可能会想象敌人带着意大利远程步枪潜伏在那里。

但是，这种妄想还为时过早。我还没有赢得，以后也永远不会。就在套房的双开门里，避开任何人的视线，只要偶然抬起头，有人就会看到他站在那里不协调的样子，这位候选人已经架好了拐杖，他绝不允许公众看到他使用拐杖，因为他的背部几乎一直在折磨着他。

拼图

当这位总统候选人凝视着外面的广场和头顶上阴晴不定的夏日天空的时候，在阳台上的那几秒钟是他几天前抵达洛杉矶以来最安静的时刻，当时他已经做好了接受共和党总统候选人提名的充分准备。在他的身后，旅馆套间里一片混乱，没有人注意到这位候选人，所有参加竞选的土耳其青年都陷入了一种既惊慌失措又愤怒不已的骚动之中。

在阳台上，候选人并没有特别吃惊，只是有点儿困惑，注意到少了一片天空。整个上空从东到西都是细微的裂缝，充满了几乎察觉不到的细微裂缝，就像一个组合良好的拼图游戏，只不过现在有一部分已经偏离，取而代之的只是黑色。它不是外太空的黑色，而是一片空白，它的消失说明它背后什么也没有。音符从蓝洞里像雨一样纷纷落下。

是与否

这位候选人一贯的冷静态度早已根深蒂固。这是一种白热化的平静，当愤怒、恐惧或兴奋达到临界点时就会爆发——从生死攸关的总统初选，到战争时期所罗门群岛的鱼雷船事故，再到跟一个该死的女人上床，在压倒性的情况下，他们得以超然保护。他总是处于垂死状态，在这种情况下，他想：*这仅仅是生命，反正它很快就结束了*。片刻之前，这位候选人在办公室里看着电视上的事态失控，下意识地环顾房间，寻找他的弟弟。

这是两个人吸引对方的眼球并达成秘密共识的例子之一。之后，他想起自己的弟弟也出现在引起骚动的电视屏幕上。随着这位候选人的经理和副手们对他的背叛和谩骂的怒吼不断升级，他显然是这个房间里最冷静的人，但事实上他默不作声、怒火中烧，只见在电视上，他的弟弟在会场上——在伊利诺伊州代表团分崩离析的过程中——抬头看着其中一台摄像机。

否与是

年轻人从电视屏幕上直视着候选人的眼睛，知道他的哥哥在三英里外的酒店套房里看着他，他的表情是在问，你相信吗？候选人悄声地回答，不相信，然后又说，相信。我的确相信。我的确是这么想的，现在它就发生了。我想，我始终都知道这种事情会发生。他拄着拐杖离开了喧嚣的人群，一瘸一拐地走到酒店的阳台上。下面城市的喧嚣与身后的喧嚣相比，显得格外宁静。二十四小时前，在举行大会的体育场周围，成千上万的人高喊着——我们要史蒂文森！——就连在这里都能听到。

现在，当有人打开阳台的门的时候，这位候选人感到一阵恐慌从他身后的套间里呼啸而来。

“是博比，”他从肩膀上听到，助手一只手拿着电话，另一只手握着听筒，“从会议室打来的电话……”

“是的，”杰克说，“我看见他了。刚才，”他向套房那边挥了挥手，“在电视上。”

“他在想……”助手的声音越来越低。

“叫他回旅馆。”

“他说……”

“请让他回来。一切都结束了。”

反驳之歌

一阵沉默。"我应该告诉他吗?"助手哽咽道,"一切都结……"他欲言又止,求职者没再说什么。该死的伊利诺伊州,这位候选人想,他的脑海里自由联想过去四个月来所有的一切,如果我们只是更果断地赢得了威斯康辛州,那就只能打消这种想法:本来不会有什么不一样,威斯康辛州是一种赐福,因为它使西弗吉尼亚州成为必要,当他赢得那里如此威严的时候,这使他竞选的理由更加无可辩驳……百分之九十五新教徒!只是这并非无可辩驳,难道不是吗?此时此刻,候选人资格正遭到否决……

不仅被驳倒,而且被摧毁,所有的代表——伊利诺伊州、爱荷华州、堪萨斯州、加利福尼亚州——都像天空一样支离破碎。等到他的弟弟回来的时候,整个套房都已经空了,谁也没有对那个落选的候选人说一句话,那个人还在阳台上,他在那里待了将近一个小时,尽管他可能站了这么久,但还是痛苦不已。有时候,他会从路边窥视卡车下面的街道,从网络新闻到印刷媒体——一切都在混乱中:他们爱我,直到有更好的故事出现。候选人哼了一声。他对这种背叛也不感兴趣,他是一个懂得权宜之计的人。

遇难之歌

“人都到哪里去了？”他听到弟弟在他身后的阳台门口说——与其说是一个问题，不如说是一种愤怒的指责——他的助手之前就在那里拿着电话。

“他们听说你要来了。”这位求职者咯咯笑道。尽管我让他们紧张，但我的黑人爱尔兰小弟弟他妈的吓坏了他们。见没有回答，这位候选人转身发现门口又空了，便又回到了套房，发现另一个小个子男人瘫坐在椅子上，被竞选的残骸团团包围，既有字面上的，也有比喻上的。

电话线、传单、空玻璃杯和烟头，有时候在烟灰缸里，有时候在桌子和地板上。天花板上的金箔已经肮脏不堪，厚厚的地毯上污迹斑斑。“有趣，”候选人说，“东西怎么能这么快就散了。”一百三十个小时以来第一次看到黑屏的电视，一年的工作一个下午就结束了……不是一年，而是四年，真的——要么他指的是一辈子？

“有趣？”坐在椅子上的弟弟空洞地问道。

“看到天空了吗？”杰克用拇指指了指身后的阳台，“缺了一块。”

最后的音轨

博比从椅子上瞪着他。他的哥哥现在是不是在打比方？讽刺？文学？除了一对大奶子，还有什么事儿令他不安的呢？哥哥拉过另一把椅子坐下，身体前倾，双手托着下巴。“那么，”他像在八年后的工厂阴影中那样沉思说，“又是阿德莱……”

弟弟点了点头。“是的。”

“三次……”这很难让人相信。博比越来越凶，大发雷霆，中断了那些话。“他们每个人都……要……付出……代价，”杰克只是摇了摇头，他的弟弟继续说道，“他们每个人，因为就像……就像……威廉·詹宁斯·布莱恩[①]，”他气急败坏地说，“和前两次一样，阿德莱这次也不会成功。尤其是另一边最终与洛基一起前进……但是，即使他们没有……我们的时代也会到来，下一次，当它到来的时候……”

候选人不停地摇头。“这是我们的时代。”

“每一个……”

“或者，如果不是的话，那本来应该是，你知道……”他朝阳台点了点头。

“如果不是为了……”

---

① 威廉·詹宁斯·布莱恩（1860—1925），美国著名的政治家、律师和演说家，民主党和平民党的领袖人物。

“你知道……就像我说的。天空。”

“你在唱歌吗？”博比一生中从来没有听过他哥哥唱歌。每个人都认为杰克把一切都告诉了博比，但事实上，杰克并没有把一切都告诉任何人。“我只是在那外面有所耳闻。”杰克又朝阳台点了点头，那里的天空下起了歌。每个人都认为兄弟俩亲密无间，在这些选举的关键时刻，他们比以前更加亲密，彼此之间的关系比任何人都要亲密；而这是一个新事物，兄弟般的亲密关系是近年来产生的，还有对权力的共同渴望，最重要的是，任何权力都是通过竞争获得的。“他一定会让你当副总统的。”博比说。

“不管他是不是愿意……”

“不。”

“啊，我怀疑他是不是愿意。但他肯定会。两天前，你离提名还差六十票，所以他……”

“不。”他更明确地说。

“我也是这么说的。”

“我们让他见鬼去吧，”杰克说，“就像去年冬天我们向他表示支持时他对我们说的那样。”

“阿德莱不会说‘见鬼去吧’，这有失他的身份。他太文雅了。阿德莱说‘请让你自己回到阴间去吧’。他引用的是但丁的话。”

“当我说不的时候，党永远不会原谅我。”杰克平视着弟弟的眼睛，“党会说，为了党，我必须接受它。”

“他四年前就可以把你列入竞选名单。当然，这意味着要做出实际的决定。他也不适合做决定。”

“他不想提供，我们也不想要，我们俩都没有选择。不过，我还是不同意。”

“很好。下次。”

“我告诉你，没有下次了。机不可失，时不再来。”

淡去

博比说："你在唱歌。"

杰克笑出了声。威廉·詹宁斯·布莱恩！"我是在外面听到的。"

"我还以为我们在西弗吉尼亚的天主教事件已经过去了呢。"

"来自天空的一个洞。那到底是什么？"

"什么是什么？"

"那首歌。机不可失，时不再来。"

"我喜欢演唱金曲。"

"我想，我不可能只是编出来的。"

"我从来没有把你当音乐人。"

"你知道，我想我只是编出来的。刚才。好吧，"当弟弟瞪着他的时候，他说，"是天空编造的。"杰克补充说："这不是天主教事件。"

"那些女孩？"

"那些女孩怎么样？"

"他们知道她们吗？"博比从来没有认可过他哥哥的那些女孩。

"他们？"

"任何人。他们中的任何一个。他们中有人知道？"

杰克说："每个人都知道那些女孩。"

隐藏的音轨

所有人都知道这是他第一次说服自己，因为他总是说服自己没有人知道。他总是说服自己，之后通过把他周围的每个人——包括他的弟弟——都牵连进他那些深藏不露的秘密，那些秘密也成了他们的秘密，就像他假装不让别人知道他们一样。“不是那些女孩。”他说。

“是有人泄露了病历。”他的弟弟说。

杰克摇了摇头。“不是那些女孩，也不是病历。林登已经知道那些病历了。这不是天主教事件。我一直告诉你，”他指着阳台，“你自己去找吧。”

“我不想找我自己。”他的弟弟说。

“那个……时代精神缺失了一块。”

“什么？”博比从来没有听他的哥哥用过这种词，就像他从来没有听过他唱歌一样，“你讨厌那些说这种话的人。”

“对我来说，这毫无意义。”

博比说：“我不想再谈这个了。”

他的哥哥在椅子里伸了伸腰，疼痛现在已爬到他衰弱的背上。“你有雪茄吗？”他问道。

“你知道我没有。”

“你不是我雪茄的保管人吗？”杰克呵呵笑道，“这附近谁是我的雪茄保管人？从现在起，我想我得自己留着雪茄了。”两个房间之外的套房里电话铃响了。“阿德莱。”博比对那个声音说。

“或者爸爸。”

“爸爸……”

“像往常一样打电话告诉我们一切都会很好，一切都会好的。只是一个小小障碍……”

“噢。”博比对着双手抱怨道。

“阿德莱不会给这里打电话的。好吧，”杰克想了想，耸耸肩，“他可能会的。”

“我们应该回话吗？”

“当然不应该。”

“但如果是爸爸呢？”

“尤其是爸爸。”杰克平静地回答。

“你还在唱歌。”

“我在唱吗？你确定是我吗？”

“是你。”

[陷入困境]

这位前总统候选人问道："我是说，我为什么要当总统？"

"因为，"他的哥哥回答说，"你比他们强。"

"为了便于争论，我可以这么说。是什么让我比他们强呢？"

"更聪明。更坚强。"

杰克的脑海里闪过了一个念头，但他的思路又断了。"这与更聪明、更坚强无关，"他平静地说，"你足够聪明和坚强，能知道这一点。甚至不是比任何人更想得到它。"他把背部从椅子上抬起来，慢慢地移动，比他希望别人看到他移动的速度还要慢。"我的外套呢？"他喃喃自语，弟弟也没有回答，因为他知道哥哥不希望他这么做。杰克从套间的一个房间走到另一个房间，习惯地滑行着，他设法让外界相信，这种艰难行动是优雅的。他找到外套，在口袋里摸索，掏出了原以为在其他情况下会抽的雪茄。

杰克和弟弟回到房间，点起了雪茄，停下来环顾套房，这是他第一次感受到里面是多么空旷。"最后一支。"他举起雪茄给博比看，但其实仍在自言自语，喃喃说着，"现在我只需要一个金发女郎。"博比又双手捂脸。"这是关键时刻，"杰克继续说道，"锻造自己。从之前所有的时刻。就选举而言，比如……"

我的天哪，博比惊恐地想，他越来越有哲理了。

"是有关这个国家以前曾经的一切。"

真的结束了。

“现在走到一起，无论它将会是什么……下一个。让我当总统的唯一理由是因为我们从来没有生活在这样的时代，以前也没有像我这样的人当过总统。但是，如果我们不是真正处在这样的时代……”

“‘如果我们不是真正处在这样的时代’，你这话是什么意思？”

“如果时代不是我们想象的那样，”他指着黑屏的电视，“那么，戴利和伊利诺伊只会说，去他妈的肯尼迪，让我们和我们自己的人一起去吧，即使我们已经让他和同一个共和党人在轨道上跑了两次——尽管得票最低——尽管已经打败了他，但他击败过对方两次，因为至少这次他们不会把将军放在首位，所以也许会有所不同。不管怎么说，这就是他们对自己说的话。”弟弟茫然地看着他。“成为伟人的一部分就是幸运。”

[指针抬起]

博比脱口而出："胡说八道。"杰克又笑了起来。"胡说八道"是他自以为是而又强硬的天主教唱诗班兄弟的绰号；他不确定自己是不是听鲍勃说过"胡说八道"。但是，鲍勃从来没有听过杰克唱歌，所以今天下午一切都变得一团糟，不是吗？哥哥端详了弟弟一会儿。博比暂时抛弃了他通常对反思的厌恶，他想，这是弟弟的失败，博比相信生活应该是公平的，或者，如果说不是完全公平的话，那就是一连串重要事情导致了其他事情的发生，这些事情都是由早期之事引起的。随意而为，反复无常，从弹药库窗户发射（或不发射）一枪的偶然事件，要么是从天空落下（或不落下）的一首歌改变（或不改变）这个世界及其所有的可能——这些都不符合小耶稣会的道德计划。"我为什么要当总统，"他索然无味地说，既不热烈也不责备，"我是谁……的确是别人对我们这个时代的看法的胜利，也就是别人对我们的时代到底是什么的看法。"只不过我们有你，不是吗，杰西？不可能是孪生兄弟。杰克现在考虑他的弟弟了。你比所有人都了解兄弟们的事儿。"好了，"杰克冷冷地叹了口气，吸了最后一口本来是他的胜利雪茄，终于意识到了巨大的损失，"我想这意味着我和玛丽莲上床的机会都已经泡汤了。"

没有叠歌

美国子弹的呼啸声，美国炮火的合唱团：当一天下午子弹呼啸着穿过达拉斯，飞向总统的目标的时候，它是不是在唱《你冲昏了我的头脑》？美国谋杀的音乐，这并不是说美国谋杀者的音乐，因为凶手本身没有音乐，只有武器的旋律，这就是他如此热爱它的原因。所有关于美国武器的报道都很美妙，这个凶手喜欢他的武器，因为他自己的音乐是人性的空洞，没有一句副歌从他的肮脏的灵魂，到他的肮脏的思想，再到他的肮脏的舌尖，沿着他的美国人的肮脏通道蜿蜒而过。

为什么某些东西的声音总是在"能听到"的范围内？因此，时隔八年之后，在工厂的阴影中坐着轮椅的杰克对杰西叹了口气："你最好有一个时刻，从你认为你能实现的东西中锻造出来。"他喝了最后一杯威士忌酒。"你最好，"他说，"已有好一会儿了……被一个不可抗拒的存在催化，一个已被偶然定义的时刻——我指的不是他妈的弗兰克·辛纳屈[①]。否则就会……失去一片天空，一些重要的碎片，一些……不可或缺的颜色从……消……"声音越来越低。

① 弗兰克·辛纳屈（1915—1998），美国歌手、演员、主持人。他被公认为二十世纪最重要的流行音乐人物之一。他是《时代》选出的二十世纪最具影响力的艺术家，将百老汇、流行歌、爵士乐等有机融合，创造出独树一帜的个人风格。

无理之歌

他说："你可能拥有世界上所有的钱。嗯，不是所有的钱，但已经足够了。你可能有一位无情而又强大的父亲，他决定不惜一切代价。你可能有人脉和行动，还有去西弗吉尼亚州的竞选活动。你可能有幸与你想象中最薄弱的对手竞争，这些对手根本没有机会团结足够的党代表获得提名。但是，如果你连一届半的参议员任期都没有，如果你没有任何出色的记录，如果你在世界舞台上缺乏可信的经验，如果你没有成为当今最引人注目议题的最引人注目的发言人，不管那是什么，如果你没有一次平淡无奇的演讲，比如说，库珀联合学院[①]的演讲，那可真够不幸的。那么，你最好也足够幸运，能够拥有一个锻造的时刻，在这个时刻，你的年轻，你颠覆旧世界的化身，都值得称赞。否则，到了那个时候，每个人都盯着大会的天花板问自己，除了金钱和外表，我们为什么还要选择他呢？他们可能会发现他们的注意力转移到一个前景并不比你好、甚至可能更糟的人身上，只是因为你从来没有给他们一个足够充分的理由去做其他事情。"

---

① 库珀联合学院，位于美国纽约州纽约市，创立于一百五十年前，下设建筑学院、艺术学院与工程学院。普利兹克奖得主汤姆·梅恩的新陨石建筑正对着库珀广场上的学院主楼。

不成文的歌

那支细细的雪茄停在他的唇边。“相反，忽略了……命运编码在基因中的东西，你出生的时候，胞衣的潮水冲走了你的另一个更出色、更聪明、更神奇的版本。我们得到的不是两种可能性，那一半人可能会点燃一个年代，我们得到的是那一半人会把冷水泼在身上。斯达德警长拿着六响枪，”他朝墙上的投影挥舞着，“亡命之王。你就不能把这个疯狂的笨蛋放在这里吗？”他指着身边地板上的其中一个裸体女人说，“趁我看的时候，你能不能消停点？这样我就可以开始理解它到底是干什么的，至少在这一点上，你能做到吧？因为这是我最接近光辉岁月的时候了，全世界的阴门都开花了。我宁愿自己的总统脑袋被炸掉一半——在所有的汽车里！——林肯，是的，我宁愿要那个，也不要这个。”他用拳头狠狠地砸在椅子的轮子上。“我宁愿长生不老，去你妈的。以我的名字命名的机场和一个比我的生活更好的神话，无论我如何努力尝试。他们，”他指着墙外一些看不见的人群说，“也宁愿这样。他们宁愿拥有另一个我，就像他们宁愿拥有另一个你。从来没有人想要这个你，”他又指着投影，“根本没有。”

瓦莱丽

在过去的几分钟里，杰西几乎从座位上飘起来。现在他跳起来，一只手敲打着他们之间的小圆桌，落在那个瘸子的身上，挥舞着。到了第十次或第十二次，也许是第十五次或第二十次，杰西想要把那个坐在轮椅上的人打晕的决心变成了一个新的意图，就是要在他坐的地方掐死他。在房间里的嘈杂声和嗡嗡声中，很难确定有没有人在记笔记。杰西的脑海里兴奋地闪过了一个念头，上帝啊，我真的相信我会宰了这个混蛋，仿佛他看到杰克的喉咙周围双手上的鲜血时他就会自由一样。“究竟是什么？”然后，他看到鲜血从杰克胸部的洞里滴落下来。杰克也看到了。他低头看着自己，他和杰西面面相觑、不知所措，杰西从杰克的喉咙处松开双手，凝视着他鲜红的手指。前几秒传来的枪声在杰克的身上响起，然后杰西听到枪声，先是一个男人，接着是另一个人转过头去看那个蓬头垢面、疯疯癫癫的女人，只见帽子往她那蓬头垢面的脑袋上拉了拉。

枪声一响，周围的人似乎终于从全神贯注中苏醒过来，人们从喝酒、跳舞、欢爱和开枪中站起来，注意到一些比平常更不寻常的事情。瓦尔还拿着那支三十二口径小贝雷塔，烟从枪管里袅袅升起，就像杰克抽雪茄那样。杰克看着他胸口冒着气泡的小红眼，先是看看杰西，然后又瞧瞧瓦尔，只见他的嘴唇上淌着血。“我的心，”当瓦尔朝他的头开枪的时候，他赞同说，“嗯，是我最脆弱的地方。我的心胜过我的头……”“该死！”杰西喊着，从轮椅里随着身体向后退缩。他四仰八叉地趴在地上，一脸疑云地盯着死者，这时候第三枪呼啸而过，几乎擦过杰西的脸颊；后面某个地方传来了一声惊叫。瓦尔又开枪了，子弹从距离杰西的一只手一英尺的地方射穿了地板，然后他又疯狂地翻滚到另一个人的尸体后面，用它做盾牌。杰西能感觉到周围其他居民的分散，他们精明地得出结论，他的接近并不是他们想要的。他从杰克的尸体上看过去，看到那个女人把枪对准了自己，不是把枪放进嘴里，也不是对准自己的太阳穴，而是近距离地面对着它，好像她想研究子弹是如何从枪管中射出来，如何从枪管进入自己的大脑似的。击铁会在一个空腔里咔嗒作响，然后是在另一个腔室里咔嗒作响。她把枪扔在地上，对男人制造的武器世界中的又一次背叛感到厌恶。

第 9 音轨和第 10 音轨：《在黑暗中跳舞》和《黑暗中的灵魂》

所有的孪生歌曲在明与暗中变换位置。《在黑暗中跳舞》写于大萧条的第三年。在一个民族的黑暗取代另一个民族的黑暗之前，一首情歌也可以被当成反抗的曲调（我们可以一起承担后果），直到核毁灭的原子化之光的隐约前景变得如此明亮，每个人都只能希望在黑暗中跳舞。演奏来来去去，更不用说歌名了，后来这个名字被用来演奏不同的歌曲。在二十世纪五十年代初期好莱坞的一出音乐剧中，这首歌变成了一部芭蕾舞剧，但最令人可怕的版本完全是由芭蕾舞演员在另一个背景下演绎的，在一段录音中，歌手放慢了歌曲的节奏，就像伴随着他的爵士乐队一样，歌词的抒发程度不亚于占据歌曲内心深处的敬畏程度。人们从歌手的肩膀上听到黑暗打着哈欠想吞噬他。又过了二十年，由牧师的女儿撰写和演唱的《黑暗中的灵魂》回应了《在黑暗中跳舞》。我所有的兄弟们，她的歌在中途岛宣告，与灵魂同行，我所有的姐妹们。黑暗重申了它对圣所的承诺，提醒人们，光明并不总是生命，上帝带来的死亡好过人类带来的死亡。我们知道什么是黑暗、黑人女人唱什么、白人听众听什么，因为你们教会了我们。你把我们关在那里三百年了，现在让我们带你去吧。在黑暗中跳得更近一点、更深一点。

第 11 音轨和第 12 音轨：《那轮幸运的老太阳》和《太阳的温暖》

第一首歌曲创作于 1949 年，由黑人和白人艺术家录制，之后在一位美国总统遇刺的同一年，由一位盲人节奏蓝调革新家最终演绎。就在谋杀的同一天，第二首歌是由两个出生在洛杉矶南加州海滩小镇的年轻人谱写的，这首歌写作开始于扣动扳机之前，结束于子弹从总统的头部撕裂之后，谁知道在子弹射出的轨迹中会发生什么样的爆炸呢？难道太阳的温暖，永远不会逝去只能在枪声之前或之后写出来吗？这首歌是不是在没有任何作者或歌手改变过的情况下，仅仅因恰逢其时而发生改变了呢？是不是因为最全面的解释将歌曲从绝望变成优雅，《那轮幸运的老太阳》就会有更大的影响呢？它的意义之所以变得更加重大，仅仅是因为这一决定性的表演不仅与一位总统被暗杀的那一年同时发生，而且与一位亚特兰大牧师在美国最伟大的纪念碑、美国世纪最伟大的美国演讲之前向二十五万人发表演说的那一年同时发生吗？这两首歌都是在太阳的阴影下演唱的，他们声称赞美，实际上却不信任。它们不是太阳的温暖和光明，而是歌唱者对曾经的温暖却再也感觉不到的记忆、曾经的光明却再也不可见的记忆。

水族馆

当杰西睁开眼的时候，如果他根本不知道自己在哪里，那就该死了。一觉醒来，他就不知道自己是不是又回到了黑夜屋顶下的高塔里，也不知道自己在那里会是什么样子。他首先看到的是他旁边窗户上的两幢建筑的钢架轮廓，然后他想起自己是在曼哈顿下城维西街上警察局的一个拘留室里。在大楼的某个地方，一个女人吼道："把他们砍掉！杀了那个人渣！睾丸激素霸王龙去死吧！"这时候，杰西的目光落在了尚未完工的双子塔的钢梁上面。

他想知道它们会不会像波音 767 一样在他第一次眨眼之后就消失。他不大能认出双子塔，因为他早年只能从双子塔中看到一个，因为不管多久以前，飓风都不能从肉眼以外的地方被识别出来。但是，就连世贸中心的骨架也让人想起一些熟悉的东西：记忆的脚手架，一个从来没有存在过的家。在他的牢房窗户里，几乎是满月的月亮挂在金属支架上，支架有朝一日将成为第二塔的九十三层，这是一座发光的白色海堡，它位于一个充满游泳星鱼的空中水族馆。

程序化

第二天早上，在草草地确定了杰西除耳边响起的枪声之外并没有受到伤害之后，警察对他进行了长达几个小时的盘问。他和枪手是什么关系（“我和那个疯女人没有关系，先生，我不相信她有任何这种关系”），捏造的是什么阴谋，动机是什么（“我一生中从来没有遇到过那个国会议员，很难想象为什么有人会想杀了这么好的家伙”），直到——警长眯起眼，噘起嘴——这些问题开始相互矛盾。

当杰西回到牢房的时候，瓦尔对前一天晚上的谩骂已经沉默了。有人给他拿了汉堡包和可乐。一天过去了，一个公设辩护律师来了又走，除了表明自己的身份，没有跟杰西进行更多的交谈。一名警官告诉杰西，鉴于受害人的身份，联邦探员将介入此案。在某一时刻，杰西被送回审讯室进一步审讯，他又等了一个小时才被送回牢房，没有继续审讯。枪击案发生后差不多四十八小时，另一名警官打开牢房，既没有任何解释，也没有任何指控，就释放了杰西。

回声

离开警察总部的时候，杰西第一眼看到的是他在街对面一个保释担保人橱窗里的倒影。随后，在人行道上等着的记者蜂拥而至，电视摄像机也蜂拥而至，向他提出了一波又一波同样的问题。在过去的一天两夜里，他一直在以更快的速度和更大的音量从警方那里听到同样的问题。麦克风就像狼蛛一样从树上落到他的面前。

杰西被闪光灯弄得眼花缭乱，被声音弄得目瞪口呆，几乎说不出话来。“什么都不知道！”他不停地在街上叫喊，然后到了下一个街区，记者和电视车就追上来了。持续的追逐聚集了过路人，从商店和画廊出来的人们更加愤怒，咄咄逼人，好奇变成了某种模糊的报复。杰西在跟他们握手之前就到了索霍区，躲进了一家酒吧，然后出了酒吧后门，不停地奔跑。

跳弹

他的第一本能反应就是赶在他发现工厂将挤满更多记者之前赶往联合广场。噢，安迪一定很喜欢这该死的骚动。最好还是碰碰运气，在西 23 街自己住的小旅馆房间里，从侧门安全地溜进去；在某个时刻，一份《纽约邮报》吸引了他的目光，他的手也抓住了《纽约邮报》。

他仅仅在房间锁着的门后看过一次，标题是《魔窟!》，副标题是《前竞争者 W.H. 在销魂屋被杀》，说："根据所有的说法，并根据被指控的袭击者的陈述，索拉纳斯小姐攻击的真正目标似乎不是曾经的马萨诸塞州参议员，而是一个花哨的男模特，这被确认为沃霍尔后宫和流动怪胎秀的一部分。"呃，等一下，等等等，杰西想，脑子转得飞快。

想象

花哨的男模特?“他们不会叫他花哨的，伙计……”五个半月后，当夏去秋来，记者们和好奇的猎犬一起离开的时候，一个来自过去的声音回答道。枪击案发生后，杰西就再也没有回过“工厂”。一个星期四的下午四点钟，他几乎一个人待在第三家麦克道格唱片店的店员那里，在箱子里和架子上绕来绕去，漫无目的地翻着盘子。另外两个掉队的人进进出出，随后柜台后面的店员直视着杰西，接着说道：“他们会吗?”

是杰西首先听出的那个声音，或许是他的语气而不是声音本身。杰西仔细瞅了瞅这个英国人，只见他抽着烟，看上去在过去八年里已经苍老了二十岁。他脸色蜡黄，戴着本杰明·富兰克林那样的眼镜，体重多出了五十磅，他不是掉光了头发，就是剪掉了头发。“太棒了，是的。是摇滚，我想，甚至是国王，”他说，“但并不花哨。”

十字路口

讽刺像往常一样老辣，店员说："对了，谢谢你的评论。当然，上面说的跟什么都没关系，反正都不是真的，但我敢肯定，如果保利还跟我们在一起，他一定会激动的，上帝保佑他那该死的自由灵魂。我相信我们甚至在店里把一两本书卖给了几个傻瓜，当时我克制着自己不让它从他们的头顶上摔下来。"

"你们在这地方干什么？"这是杰西唯一能吞吞吐吐地说的话。

"好吧，"温斯顿·奥布吉医生回答说，"这真是个绝妙的故事，不是吗？可是，如果对你来说都一样的话，我就不想告诉你了。没什么大不了的，真的——我和你一样不合群，这也太离谱了，因为你在任何地方都不合群，多亏了你，我也是。我们在一起不合群，不是吗？可是，我告诉你什么呢？我一直在等着你迟早会再次出现在我的生活中，想着我们注定会这样，因为我们都如此与众不同——我想，我干这份工作的时间已经足够给你一些东西了，"他把手伸到柜台下面，"特别的东西。"

45

在那一刻，杰西毫无疑问地认为医生会拔出一把 .45 口径的左轮手枪当场将他击毙。在那家店里，除了他们两人，空无一人。相反，英国人把一张 45 转 / 分的唱片装在一个普通的纸套里带来。“不要在那里看那些单曲唱片，”杰西用沙哑的声音说，“这不是我特别喜欢的。”

“伙计！”温斯顿鼻音重，显得受伤，“我费了好大劲儿才把它给你留着。我不会让你不接受它的。”他坚持说道：“我相信，你应该为自己和世界各地的乐迷们做出改变，让我们确切知道你的想法。”

杰西很庆幸自己没被枪击，他想尽快离开店里，于是他走近柜台，用任何能够让另一个人保持一臂距离的方式去拿唱片，然后从柜台上一把抢过唱片。一出唱片店，他就把唱片扔进了街角的垃圾桶，之后在一个街区外停下，他在那里有一种怪怪的感觉。

温斯顿

在杰西离开唱片店的几分钟内，甚至是在杰西离开唱片店的那一刻，温斯顿辞去了这份工作——尽管没有其他人在那里等着他辞职——接着走了出去，他身后的商店没有上锁，无人看管。如果他不在门外转反方向，他就可能会经过杰西把温斯顿给他的东西扔进去的垃圾桶；他就可能会撞见站在人行道上的杰西，杰西带着那种怪怪的感觉僵立在那里。

到温斯顿在汉堡的婚姻破裂的时候，他没有一天不打她。有一阵子，他对自己说，这是她自找的，她在床上无情的奚落，奥布吉医生失去了他的脾气？——她的英语什么时候变得他妈的如此伶牙俐齿？——但是，在性行为理论上不再可行之前，阳痿让位于纯粹的敌意。

一条小路

早期，在他的乐队在欧洲短暂流行之前、期间和之后，她的第一任丈夫的去世是他们之间的纽带，尤其是因为这位丈夫是他最好的朋友。正如他对她说的那样，这是一件需要他们一起克服的事情："很简单，真的。我们决定一起生存或分别哀悼。"这看起来就像是婚姻的基本要素，如果不是爱情的话。

随后悲伤便消失了，好像就应该是那样。当她的摄影事业走上了他的唱片销售之路，他们想要孩子的努力也未能取得成功的时候，她在他最喜欢的聚会场所找到了一份酒吧女招待的工作，这意味着他得在别的地方喝酒，他认为自己可以喝两倍多的酒，他变本加厉地殴打她。他对逮捕他的警察言语一贯、身体挑衅，在一家附近的小杂货店里顺手牵羊偷了他最喜欢的巧克力威化饼，结果被德国警方逮捕。她伤痕累累，无法出现在他被驱逐出境的现场，她不想给他带来比他已经为自己制造的更多麻烦，也不想说服当局把他关进监狱，而不是离开她想要他去的国家。

达科他

回到伦敦后，他与前音乐搭档的短暂和解也破裂了。他看不出回到利物浦还有什么意义，七个月后他回到了美国，作为一名漫画家，他为各种报纸和杂志自由撰稿，这似乎是一个很有前途的职业生涯。这其中包括最近推出的一本爵士乐杂志，令他感到十分可笑的是，他发现自己真正的宿敌——未来生活的影子——提到了他，他将在麦克道格尔唱片店再次见到他，不出所料，当时他的漫画生涯在一系列编辑纠纷中消失了。接下来的十二年里，一份份零工接踵而至，最后一份零工是在中央公园西 72 号的一座公寓当看门人。

这座建筑得名于十九世纪八十年代，人们认为，它与曼哈顿岛其他地方的隔绝，就像二十一世纪美国其他地方的荒原一样凄凉。温斯顿在他的岗位上注视着进进出出的电影明星、剧作家和金融家，他们比杰西取代他的孪生兄弟所幸存的任何一个美国都要早。看门人在街对面的公园里发现了沽名钓誉者和潜在刺客；他在任何地方都能认出他们。每个人都是他自己的双胞胎。温斯顿无法忍受名人和成就在大楼内外的游行，他支持那些躲在树上的人，默默地与他们合谋。

因果报应

最后，在一个十二月的夜晚，他从公寓楼拱门的阴影中攻击了一位八十七岁的女演员。这位女演员 1912 年开始拍摄电影，她最著名的角色是在一部内战史诗默片中，扮演南方美女，受到一个黑人的猥亵，只有在三 K 党为种族正义而进行的午夜骑行中才挽回她的声誉。在接下来的二十年里，这位英国侨民在幸运的夜晚出入监狱、救世军中心和无家可归者收容所。他躲在摩天大楼中心的地基上，头发和胡子都长得要命，他一边乞求零钱，一边辱骂路人。

他挣扎着站起来，咆哮道："据我所见，是该死的农民。"行人像爆炸了一样匆匆而过。当他在人行道上喃喃自语的时候，他的精神错乱似乎不仅消耗了自己的理性，也吞噬了他所能听到的任何人的理智，直到秋天前的最后十个早晨，也就是他本该改变却没有改变的那个世纪的第一年，当时他从自己位于城市角落的家中来到这里，声称自己有一个最后的理由，那就是他坚持认为自己是个梦。

不相信

但是，事实并非如此。他的眼睛盯着西南方的天空，望着一架波音客机直飞向他见过的最高建筑的北面，但在最后一刻突然转向，错过了塔台，向西返回预定的目的地。他周围的其他人也都注意到了。“你看到了吗？”一个站在他脚边的年轻女子问道。“看起来那架飞机刚刚错过了……”然后，最奇怪的是，十六分钟后，这种情况似乎又再次出现，另一架波音飞机冲向另一座塔，并且避开了这座塔。“改变飞行模式？”有人猜测，因为还有什么可以解释的呢？

等到这种航空怪癖的想象出现在晚间新闻上的时候，尽管身体没动，但温斯顿已经进入了只能想象的状态：在梦想家的绝望中无法实现。“你看到了吗？”人行道上的那个女人盯着双子塔又问道。然后，那个女人看了看周围，觉得自己是在自言自语，只有那个无家可归的人无精打采地靠在墙上。那个女人名叫帕梅拉，她在路边依旧指着双子塔的方向，双臂环抱着自己，好像要抓住她身体的某个部位一般。

请相信

此后，她需要一段时间——几天或许几周的时间——才能意识到，每当看着自己当妇科医生的丈夫斯科特的时候，她都会有一种越来越强烈的奇怪感觉，这种感觉不知怎么就和九月早晨飞机差点儿撞到双子塔的情景有关。之后，她的丈夫在她看来就像个影子；有时候她会有一种非常有趣的感觉，觉得他马上就要消失了。最终，她相信他根本不在那里。每天早上，帕梅拉在去住宅区梅西百货——她在那里的人力资源部工作——的路上，会突然停下来，转向西南方，有一种非常奇怪的感觉，觉得双子塔也会消失。她几乎不记得有个英国人在一家风险管理公司的贸易中心工作，不管那是什么，她曾经一度跟他有过一段时间，除了一首他们从未听过或跟着跳舞的歌，在没有人唱它的时间和地点。

夜幕降临，周围的霓虹灯升起，下班回家的人越来越多，他们从杰西的身边擦身而过，前往西四街的地铁，杰西僵硬地停在人行道上。“我明白了，”他只能大声咕哝着，“一种非常奇怪的感觉。”他等着那种感觉过去。

1968年至1973年，纽约市

半分钟后，他一动不动地站在西四街，等待这种感觉消失。之后，他又回到街角的垃圾桶旁，从那里偷走了温斯顿给他的那张装在纸套里的唱片。回到旅馆房间，他当天、次日、下一周或后一周都没有注意到在杰西仅有的一张小桌上放着45转/分唱片。

一

每次经过小桌，杰西都不会去看它。但是，他始终知道它就在那里。转眼几个月过去了。当他更换酒店房间的时候，他会把它放进纸套，连同其他东西。到了新房间，他再把唱片拿出来，把它放在一个架子上，面对着自己，反而可以不看它。就这样，在纽约市过了一年又一年。

月亮（太阳）

45 转 / 分唱片就像杰西醒来的梦、塔顶和叛乱之夜的梦一样永恒。当他回到屋顶上的时候，没有一个睡觉的时刻；当他从一百一十层的高度跃入冰冷的光线当中的时候，没有一个做梦的时刻。他醒来时总是希望书架上的 45 转 / 分唱片会消失；当他睁开眼睛发现 45 转 / 分唱片还在的时候，他总是有一种奇怪的感觉。几年过去了，纽约陷入了无尽的秋天。一天晚上，有人敲杰西的门。他很久没见过她了。“你好，亲爱的，”当他回答的时候，坎迪说，“请问我可以死在这里吗？”

“我有个孪生兄弟，”她昨晚喃喃自语，决心漂亮地死去，在床单上撒上玫瑰，在暮色中躺在窗前，“就像你一样，牛仔。”杰西假装没听见。她问：“你听见我说话了吗？”

“我当然听见了，亲爱的。”杰西在她的床边低声回答。

“叫吉米，”但是，他们都认为她的双胞胎和他的双胞胎不一样，“我的孪生兄弟不像你的。”她叹了口气，她的淋巴瘤光彩夺目，精心化妆的妆容从她的身上倾泻下来，露出了下面的双胞胎，“我是自己的孪生兄弟，”杰西回答，声音小得连自己的声音都听不见，“你凭什么认为我不是？”她走后，他坐了很久，盯着她尸体的腰下，决定最后是不是掀开床单看看。“这段时间里，你的身上到底有什么不好的地方，”为了不打扰她的死亡，他低声问道，“是糖果还是吉米？”之后，他并没有最终一劳永逸地揭开这个秘密，而是从椅子上站起来，走过去，从架子上取下了45 转 / 分唱片。他从纸套里拿出它来。在标签上，就在中间那个圆洞上面，公司的名字是月神唱片公司。没有指定的“A”面或“B”面，只有两个标题和艺术家的名字。

《噢，索沃伦》《噢，情人渡》

猫王埃尔维斯 · 普雷斯利

四

德萨莫尔

第 13 音轨和第 14 音轨：《夜间火车》和《人们做好准备》

第一首歌开始于二十世纪四十年代初期，名为《那就是蓝调，老兄》，是由一个绰号为吉普的中音萨克斯手录制的，是该乐器有史以来演奏过的最纯净的音调。到二十世纪五十年代初期，这段即兴唱段片段变成了一首适中的流行歌曲，在最初版本的二十年后，最终版本是由节奏蓝调史上最重要的两三位艺术家之一制作的，他是“演艺界最勤奋的人”和“灵魂教父”，这些名字都是自己发明的，而且毫无争议。《全体上车！》在吉普的同一首曲子里，唱着这首歌，在迈阿密、亚特兰大、罗利[①]、华盛顿特区、里士满的行程中穿插，别忘了蓝调之乡新奥尔良，直到最后，每一列美国音乐的火车都载我回家：神秘火车和去佐治亚州的午夜火车，但最重要的是，火车来了，人们做好准备。这是一列从黑人教堂开进白人的广播。这是一列解救的火车，也是一列无处藏身的火车，每一个美国人都乘坐这列火车到达终点，就像十九世纪上半叶将南方黑人奴隶转移到自由北方的影子铁路。第二首歌的作曲家是节奏蓝调最好的吉他手之一，感觉是上帝命令他写了这首歌，为了表彰他的神圣努力，在布鲁克林一个夏夜音乐会上，他被灯光装置砸中。他再也不走路，也不再演奏了，他的后半生都是平躺在录音室的地板上唱这首歌。

---

① 罗利，北卡罗来纳州首府，该州是美国东南部大西洋沿岸的一个州，也是最初的十三州之一。

经验的手段

事情并不仅仅凭空消失，帕克和齐玛的父亲曾经听说过他的整个一生。但是，如果他存在是为了证明什么，那就是这并非真的。到最后，他已经意识到他生命中的一切总是在他的生命开始消失之前就烟消云散：所有用来看东西的眼镜，所有用来听东西的耳机，所有用来识别自己身份的钱包，所有那些依附在自己身上或握在手上的经验工具，都已经消失了。这些工具已经从他的手指、眼睛和耳朵，从他的记忆中消失了，通过这些工具——他相信自己已经学会了这些东西。

园艺

等深夜家里其他人都睡着之后，帕克和齐玛的父亲会像人们照料花园一样照管他的播放表。当其他男人的幻想奔向后宫或世界强国的时候，他是至高无上的音序制作者，安居在山顶或钴树林的边缘，他整理的序列档案在他的歌咏墓穴的适当位置并非平庸的歌曲集，因为没有人关心这些，但又带着使其变得有人情味的缺陷录制了杰作。父亲愤怒地说，音乐家的问题在于，他们不是小说家；他们没有叙事意识。难道这位酒馆歌手不明白他应该用《一首献给我的宝贝》来开启，而不是结束他的火炬之旅，把剩下的作为倒叙，然后（就像歌手自己在几年后的演唱会中一样）紧跟着，而不是挥霍在《天使之眼》的开头吗？简而言之，最高的排序者重新排序，也就是说改进——好吧，为什么要这么说？——完善了所有有史以来最伟大的密纹唱片。如果他自己作为父亲或作家在任何事情上都不能做到尽善尽美（更不用说他不会唱歌或弹奏一个音符了），那至少他能完成音乐的完美收官。

教育

他的妻子曾经跟他们的朋友开玩笑说，当谈到养育帕克和齐玛的时候，与其说他们的父母亲是好警察和坏警察，不如说是可怕的警察和根本不是警察。有趣的是，当涉及抚养孩子的责任的时候，如果有人暗示他不在身边，他就会暗自生气。不过，尽管他的确在某些事情上持有放任自流的态度，但他觉得应该像任何一位好父亲那样由他的儿女在诸如撒旦或共和党的存在这种小问题上找到自己的道路，他试图让他们直面更基本的真理，他知道暴徒的狂热阴谋左右了他们。“现在，孩子们，”一天晚上，他在全家人围坐的餐桌旁说，他说话时尽量避免过分惊吓他们，因为他的话里充满了任何一位父亲都会有的痛苦，这位父亲给生活带来了悲惨的一面，所以在现实最严酷、最卑劣的时候，他的天真受到了玷污，“我知道这很难理解，但在你这个年龄，有些事情你需要知道。”

他使出道德权威，哽咽道：“我需要你听我说，以便在黑暗势力试图把你引入歧途时保持警觉。试着去理解那些认为皇后乐队和感恩而死乐队是好人的人。”这让他感到特别痛苦，因为他们的母亲对皇后乐队情有独钟。“不一定是坏人。有时候，”他承认，“好人也会相信坏事。不过，还有纯粹主义者、精英主义者和文化神职人员，”他越来越义愤填膺，“他们会告诉你单声道比立体声好。有些发烧友会告诉你聚乙烯唱片比 MP3 好。好吧，我们家不是反动派，该死的……”

“好了。”他的妻子插嘴说。

“我们是民主党人，主张人人平等。我们是未来主义者，我们不回去。宠物的声音在单声道里不好听。”

“好吧。”她告诫道。

“《金发女郎对金发女郎》在单声道上并不好听。你明白我在说什么吗，孩子们？”十六岁的帕克似乎有点儿吃惊（他又抽大麻了吗？），八岁的齐玛瞪大了眼睛，“至于MP3，我不仅可以把我所有的歌都放在这上面，”他举起自己的手机说，“我可以按照他们所谓的该死的天才艺术家的正确顺序来排列它们……”

他的妻子叹了口气，从桌边站起来，取回她的汽车钥匙。

“我们，”她对男孩女孩说，“开车去兜风，好吗？给你们的父亲一点独处的时间。”

“立体音响，”他们的父亲跟着他们走出前门，来到车道上，继续说道，“是美国之声。打开！大大地打开！包罗万象。MP3，”他大步走在驶离的汽车旁边，直到全速冲刺，“是二十一世纪的格式。无动于衷！坐立不安！完美无缺。别忘了，孩子们，”他喊道，汽车的红色尾灯渐渐地消失在路上，峡谷郊狼的号叫在他周围响起，“别忘了，”他在妻子的身后喊道，“永远别说我没有教他们重要的东西。”

正在消失（世界著名作家）

年轻的时候，他本能地抵制他那个时代的音乐，他现在意识到它是一种无法让周围所有人欣然接受的病态音乐。夏天的一个下午，他受雇给邻居的草坪浇水的时候，假装不喜欢听年轻人唱的歌，而他却偷偷地盯着汽车无线电。不知不觉中，毫无疑问他在大马士革的皈依正好与他从父母亲的房子里搬出来的时间吻合。同时，音乐也与他的国家的突发事件密不可分。是他的祖国把他带到了音乐界，还是音乐界把他带到了祖国？现在，就在他的生命尽头和他的生命开端一样，他回忆起的歌曲时刻、歌曲统计数据比消失的好友的名字更生动。当他发现他自己和他的记忆一起消失的时候，当他环顾四周抓住他的世界消失的碎片的时候，当他凝视并发现自己的其中一些部分失踪的时候，他意识到这已经持续了一段时间；这种情况已经持续多年了。尽管他不记得确切的时间，但至少从他成为世界名人起这种情况就一直在发生，因为他开始觉得自己始终都是世界名人，而他却怀疑事实并非如此。不管怎样，他的世界名气已经变得无处不在，并且已经消耗了足够多的东西，其中一个消失的记忆就是那种不曾经闻名于世的感觉。

你需要什么，你不得不借

他痛苦地意识到，他走在街上时人们呆呆地望着他，他走进房间时鸡尾酒会上的低语声越来越大，最后他逃到了这个国家东北角的城市，尽量远离西南角他的家乡。他背负着世界声誉的重担，被逼到了一条秘密公路的另一端，这条公路从这个国家的中心穿过一端到另一端，畅行无阻。我们并不完全清楚他在这里待了多久，这位世界著名作家来到这里的时候，捉刀人已经不足以解决他的人尽皆知的困境。在他最后一部小说出版后的几个月里，当他的世界名气达到顶峰的时候，他第一次召集了这些捉刀人；尽管他最想模仿的是那些避开聚光灯、让自己的作品能够自我表达的作家，但他对世界名气的要求——其范围和规模与他的作品相当——却不允许这种奢侈。他意识到其他那些作家可能有名气，但并不是世界著名。最初捉刀的人数是四个。之后，当世界的名声传遍边界以南的读者群的时候，他又加了一个又一个。这就给美国和加拿大留下了两个，给欧洲留下了两个，给日本留下了一个。一天晚上，他有些沮丧地醒来，突然想到，给日本的一个根本不够，光是日本他至少就需要两三个。他在日本颇受欢迎，这就是美国小说的廉价诀窍。

正在消失（捉刀人）

这些捉刀人像特勤局[①]特工一样都有代号。他们都像这位世界著名作家一样，缺乏特别鲜明的个性，也就是说，如果不仔细观察，他们都很平淡，足够以假乱真。他们都和他的年龄差不多。嗯，或多或少跟他的年龄不相上下。嗯，有些人年轻十岁左右。二十岁。实际上是他们所有人。然后，这些捉刀人也开始消失了，消失在了南美和北非的荒野之中，消失、辞职、退休或逃跑，直到只剩下两个人，他们的代号是"搜寻与毁灭"和"一个陷入困境的国家"。碰巧，剩下的两个捉刀人是同卵双胞胎。或许这不是巧合，说不定其中一个留下来，是由于另一个留下来的缘故。被派往世界著名作家的巡回书展、电台节目的亮相以及被冒犯的女性读者的聚会——从某种角度来看，这些捉刀人与一位世界著名歌手有些相似，事实上，这位世界著名作家与她毫无相似之处——不久以后，可以说，这两位捉刀人中的一位或另一位即将离开保留地，对吗？有人说了一些离谱的话。他们犯下了挑衅性的边缘行为。

---

① 特勤局，全称美国特勤局，又译美国特勤处、美国秘勤局等（United States Secret Service，简称 USSS），是美国联邦政府的执法机构，隶属于美国国土安全部。该机构宣誓雇员分为特工和制服员工。2003 年 3 月 1 日之前，特勤处隶属于美国财政部。

你得到的不是明天

这是一个问题，不是因为这些引用本身的蛮横，也不是因为这种行为本身的挑衅，而是因为那些了解这位世界著名作家的人在某种程度上知道他从来不说任何离谱的话，也不做任何挑衅性的事情，因此“搜寻与毁灭”“一个陷入困境的国家”不可能是他，从而被视为冒名顶替者。从一开始，这位举世闻名的作家就意识到，其他作家之所以避开聚光灯，是为了让自己的作品为自己说话，就是为了避开聚光灯，让自己的作品为自己说话。但是，即使在他享誉世界的同时，也有明显的迹象表明他已经逐渐消失了。在名气与奇迹的阵痛中，他的作品不仅变得不那么有的放矢，而且开始变得子虚乌有。他的作品的全部段落（当然是有关一切的）都从装订之间消失了。之后，消失就变得更加个性化，直到他的生活变得毫无意义。更多的时候，他会面对目击者的描述，这些描述被他天真地认为是他过去的关键时刻或事件，他在这些时刻一直幻想自己扮演了关键角色，结果却发现自己没有扮演任何角色。

来源

在人们听得一清二楚的范围内，有关他的谈话越来越少。更多的时候，听得见的人声就像是他不在那里，然后又好像他从来没有去过那里。也许这就是他新的恐惧的来源，或许他只是在更合理的恐惧中生活了这么久，一旦有了更合理的焦虑，他就只知道恐惧。大约从齐玛两岁回家时开始，这个家庭经历了一个几乎是《圣经》所说的艰难的七年，如果他们或多或少完好无损地出现在另一边，也许就在那个时候，他成了世界名人？还是以前看起来不太可能？——他们并非毫发无损。在这个过程中，帕克和齐玛的父亲了解到他充其量只是一个不靠谱的正直人（无论这意味着什么，有人可能会问，但他不会问）。他把自己的信任寄托在持续不断的危机中，他对其他人几乎都不信任。如今，当他在这个国家最遥远的东北角一个灰色黄昏写下这番话的时候，他发现时间在他的身边消失了，不一定是所有时间或其他人的时间，只是他自己的时间。此刻，当他在索纳克旅馆的窗户里望着眼前滚滚而来的新都柏林大道的时候，太阳忽明忽暗，仿佛它的轨迹增量在天空中逐渐雾化。起初，他觉得自己只是搞混了象限，把他的北方与他的东方混为一谈。

四边形

像所有美国人一样，或者像所有意识到自己是美国人的美国人一样，帕克和齐玛的父亲始终相信他就是他的祖国。但是，最近他已经意识到，如果他和他的家人没有从美国危机中毫发无损，美国在二十一世纪初期的信仰根本就不会出现。在新世纪的头二十年结束的时候，只有那些与美国由财富和权力定义的理念有利害关系的人才能如此厚颜无耻地谈论这个理念，因为财富和权力是美国仅存的理念。如果九月早晨的恐怖袭击能被搁置一边（当然也不能），那么，没有什么比这更能给美国提供重新审视自己的机会了。这是一个既被搞砸又被搞定的机会，一方面是一场比这个国家一百年来所做的任何事情都要糟糕的信仰战争，另一方面是一个非洲孤儿般肤色的人当选——所有这一切都伴随着希望的破灭。然而，即使面对国家的消失，父亲也无法摆脱对自己国家的痴迷，正如面对自己的消失，他也无法摆脱对自己的痴迷一样。现在，这位世界著名作家来到了一个美国人正在逃亡的地方。

灯塔

在逃亡的过程中，美国的日光在中午前几个小时到达，几个小时后就离开了，黑海鸥如蝙蝠一般扑向城市。这位世界著名作家的房间位于阿比辛斯路尽头索纳克的曲线上，从他那扇环绕着建筑的大窗可以看到远处的学院和冬天一排排树织成的格子，树格子外面是大西洋。林荫道上来往的车辆川流不息。一群学生源源不断地进出酒馆和咖啡馆，昏暗的早晨他会在那里吃松饼，就像陆地的热空气把海上的寒冷打成雾一样，太空的音速雨把城市的寂静打成银色的嘘嘘声。一个二十多岁的女人在下面的人行道上弹吉他，尽管她的脚下既没有杯子或帽子，也没有打开的吉他盒来接受路人的赞美。他觉得她可能对他很熟悉。她有一头黑色短发，鼻子上有以前戴鼻环留下的痕迹。"索纳克到底是什么？"一天下午，他路过的时候，她问道。这位举世闻名的作家解释说，灯塔是黑暗中的一盏明灯，索纳克是寂静中的一盏明灯。吉他手端详着身后的塔楼，皱起了眉头。"如果说它是寂静中的一座灯塔，那我就听不到它发出的任何声音了。"她说。他指着她的吉他回答："也许你就是那个声音。"

第 15 音轨：《投降》

但是，不要出卖自己。

当正义消失的时候，总还会有的

在索纳克逗留期间，这位世界著名作家坚持认为，一天早晨，他终于会完成他到达新都柏林要完成的那句话：

飞机过来了，你最好……

快跑？躲起来？尖叫？你最好死？你最好……什么？所有的可能性都显而易见，但他确信正确的结论也包含了其他可能性，也就是说，在排除选择尖叫或死亡的情况下，不选择逃跑或躲藏。他也一直怀疑自己是从另一个地方或时间知道这句话的。他担心这是他已经写过的东西。之后，有一天早上醒来的时候，他非常懊恼地意识到，这句话来自一首歌，他一路走来是为了写完一首甚至不是他自己的诗，不仅是别人写的，而且是唱给几百万人听的。因为他习惯在晚上拉开房间的窗帘，这样，当他做梦的时候，城市的灯光就会洒落在他闭合的眼皮上，所以他不能排除这首歌也来自窗户的可能性。

歌之塔（新倍增）

在指尖触碰的笔记本电脑上，他凝视着窗外的深渊路，可以听见小街上传来的嘘声，他有两个播放表，有一百一十首歌曲，每一首都是从一个拥有 2996 首歌的音乐库中提取的。当然，作为音乐的最高排序者，他对播放表进行了精确的系统化处理，这一点在他看来是显而易见的：

《格涅里克》	《乙鸦片》
《城际交通》	《天空在哭泣》
《天空中的幽灵骑士》	《天空中的亚美尼亚城》
《墓碑阴影》	《天堂马戏团》
《叛逆女孩》	《66 号公路》
《溜进这房子里》	《火星的舞厅》
《跳伞女人》	《纸飞机》
《空降》	《原子的》
《他是个大好人》	《爸爸，别弄得乱七八糟》
《小小婴儿》	《家事》
《我的一片心》	《让你疯狂》
《你能做到吗》	《我能找个证人吗》
《彗星旋律 2》	《第一个凉爽的蜂巢》
《我的王国》	《把你擦掉》

《如果你是一只蓝鸟》

《华盖月亮》

《七国军》

《在黑暗中跳舞》

《如果这是你的意愿》

《行星岩》

《八英里高》

《黑暗中的灵魂》

《把噪音带来》

《寂寞的逃犯》

《那轮幸运的老太阳》

《穿裘皮的维纳斯》

《清咖啡》

《更高的地方》

《热卷饼》

《像男子汉的男孩》

《再也没有拐杖了》

《我负责滨水区》

《乞丐米妮》

《别再崩溃了》

《月夜驱车》

《砰砰》

《反叛（谎言）》

《背后刺客》

《洛克韦海滩》

《伯纳黛特》

《白雪公主餐厅》

《噢，情人渡》

《全额付清》

《无处可跑》

《太阳的温暖》

《处女美人》

《华丽人生》

《身体和灵魂》

《起诉埃及》

《弗雷迪死了》

《在〈泰晤士报〉上签名》

《然后他吻了我》

《野马萨莉》

《人格危机》

《乘客》

《乌利·布利》

《青少年叛逆》

《斯塔格·李》

《海王星市》

《露西尔》

《威奇托线人》

《噢，超人》

《圣詹姆斯医务室》

《失去你自己》

《96滴眼泪》

《醉酒的骑师》

《主题从现在开始，旅行者》

《烟雾入眼》

《坏名声》

《有趣的情人节》

《埃尔古多民谣》

《夏季》

《星尘》

《金字塔之歌》

《迷幻小屋》

《我感觉到爱》

《你好》

《直走，不要追》

《彼得·冈恩的主题》

《你冲昏了我的头脑》

《所有的道歉》

《这苦涩的土地》

《塞壬之歌》

《漫漫长冬》

《贬低者》

《救赎之歌》

等等……

秘密音轨的秘密音轨

……所以，当他早晨醒来意识到尚未完成的歌词来自一首歌的时候，他就试着哼唱，或者哼唱他在脑海中听到的歌词背后的东西，没有意识到在这首歌中，这些特定的词实际上不是唱出来的，而是说出来的，只有最赤裸裸的旋律。

飞机过来了，所以你最好……

他一遍遍地对自己唱着歌，想着他会本能地唱完这一行，旋律残缺不全地徘徊在他的脑海里可以辨认的边缘，而他坐在窗边看了几个小时的人和车……

真的变了

……在下面的公路上，天空中的飞机像雨一样罕见。但是，他怎么绞尽脑汁也想不出这首歌是怎么唱的，后来一天早上，他像往常一样醒来的时候，脑海里浮现出了这首歌，几乎在一瞬间，他意识到这首歌就在他前几个月、前几年听过的两个播放表中的一个。他带着越来越兴奋的心情回到了歌单上……

《格涅里克》　　《乙鸦片》

《城际交通》　　《天空在哭泣》

《天空中的幽灵骑士》　　《天空中的亚美尼亚城》

《墓碑阴影》　　《天堂马戏团》

《叛逆女孩》　　《66 号公路》

《溜进这房子里》　　《火星的舞厅》

《跳伞女人》　　《纸飞机》

《空降》　　《原子的》

《他是个大好人》　　《爸爸，别弄得乱七八糟》

《小小婴儿》　　《家事》

《我的一片心》　　《让你疯狂》

《你能做到吗》　　《我能找个证人吗》

《彗星旋律 2》　　《第一个凉爽的蜂巢》

《我的王国》　　《把你擦掉》

《如果你是一只蓝鸟》
《如果这是你的意愿》
《华盖月亮》
《行星岩》
《七国军》
《八英里高》
《在黑暗中跳舞》
《黑暗中的灵魂》

《把噪音带来》
《全额付清》
《寂寞的逃犯》
《无处可跑》
《那轮幸运的老太阳》
《太阳的温暖》
《穿裘皮的维纳斯》
《处女美人》
《清咖啡》
《华丽人生》
《更高的地方》
《身体和灵魂》
《热卷饼》
《起诉埃及》
《像男子汉的男孩》
《弗雷迪死了》
《再也没有拐杖了》
《在〈泰晤士报〉上签名》
《我负责滨水区》
《然后他吻了我》
《乞丐米妮》
《野马萨莉》
《别再崩溃了》
《人格危机》
《月夜驱车》
《乘客》
《砰砰》
《乌利·布利》
《反叛（谎言）》
《青少年叛逆》
《背后刺客》
《斯塔格·李》
《洛克韦海滩》
《海王星市》
《伯纳黛特》
《露西尔》
《白雪公主餐厅》
《威奇托线人》
《噢，情人渡》
《迷幻小屋》

《圣詹姆斯医务室》

《失去你自己》

《96 滴眼泪》

《醉酒的骑师》

《主题从现在开始，旅行者》

《烟雾入眼》

《坏名声》

《有趣的情人节》

《埃尔古多民谣》

《夏季》

《星尘》

《金字塔之歌》

《我感觉到爱》

《你好》

《直走，不要追》

《彼得·冈恩的主题》

《你冲昏了我的头脑》

《所有的道歉》

《这苦涩的土地》

《塞壬之歌》

《漫漫长冬》

《贬低者》

《救赎之歌》

……结果一眼就能看出来……

记得一半的歌

……因为只需瞥一眼就能立刻显现，所以现在第二个播放表比第一个短。其中一首歌不见了。最高排序者盯着曾经的两个播放表，以为里面有一个错误；他试图说服自己，一定是第二个歌单不短，但第一个歌单更长，因为可能一个标题被意外复制了吗？毕竟，歌曲并不会凭空消失。而当他想到这一点的时候，他的某些部分就更清楚了，他的大脑中的某个部分绘制了这些汇编，以便在他即使不知道是什么的情况下也能立即识别出什么是错误的，他能辨别出已经造成破坏的部分，播放表的顺序也被破坏了，尽管他无法精确地指出违规行为。他紧盯着第二个歌单，下意识地认识到——在他的排序优势中——序列在接近底部的某个地方出了问题。但是，由于恐惧比迄今为止他所有消失的恐惧更加尖锐，因此他得出结论他的序列也在消失。

不驯之歌

他坐在弧形窗户前，凝视着周围的地板。他检查了挂在椅背上的外套口袋。惊恐之中，他瞥了一眼外面的窗台——冬天寒冷的时候，他把一盒牛奶放在那里作为冷藏——以防这首歌像猫一样爬得太远。有一阵子，他确信自己瞥见了那首在街上窜来窜去、向陌生人呼救的歌。他愤慨地想，*你总是可以随心所欲地走，绝不可能是我的囚犯。*然而，他不确定这是不是真的。他想知道这是不是一场全面起义的开始。他再次查看名单，以确定其他人是不是有所突破，他们是不是在叛变团体、朋克摇滚部落、迷幻氏族、比波普[①]小集团和节奏蓝调秘密社团重组。如果他说实话，他就会知道他先天的折衷主义的原因是将歌曲与其他人喜欢的充满活力的歌曲隔离开来，从而变得无能为力：它们的异质性在于他的控制。一天下午，他确信自己从窗户里看到了一首歌，那首歌悄悄地跳进了街上那个年轻女人的吉他里，潜伏在乐器的凹处。但是，当他穿上衣服，冲下圆形楼梯，到达楼梯底部的时候，她已经走了。

---

① 比波普，该词来自新一代爵士乐手模仿一些歌手而发出的乐声，也称bop或rebop。这些乐手将激情与藐视一切搅在一起，以形成小集团为荣，将爵士的娱乐性降低到最低限度，从而上升为一种新式室内乐。

当力量消失的时候，总还会再有的

第一次入住索纳克旅馆的时候，他从下面的街道看到了环绕的窗户，知道这是他应该完成工作的房间，他对自己的要求感到有些惊讶，没想到自己如此苛刻。而这些都是世界名望带来的好处，也正因为如此，他才致力于完成自己脑海中的这一行，所以这就是他的决心，他要把最好做的事情揭露出来，因为飞机就要来了。考虑到他在成名之前从来没有听说过新都柏林的城市，他在这座城市里寻找了一座令人震惊的美国城市，这里有富丽堂皇的长廊、拱形桥梁和广阔的公园，以及围绕旧定居点残迹而建的几百年校园，他在这里住了一个月，条件是索纳克旅馆要搬出一些家具。面对礼宾的抵制，他礼貌地坚持这一要求。自从登记入住后，他一直坚持重新布置房间，把衣柜从一端移到另一端；如果他手拎一把大锤，他就会把其中一堵墙敲掉。所以，当他半夜醒来听到天花板上的歌声的时候，什么也阻止不了他追下去。

曲线

他拿不准这首歌是藏起来的还是被困住的。那天晚上和第二天晚上，它轻轻地向他发出颤音，然后越来越微弱。它在移动！让看门人惊愕的是，第二天早上他坚持要调到楼上的房间。“求你了，先生，”她喊道，“我们不能再重新布置更多的家具了！”后来，那天晚上在楼上的房间里，他听到墙里的歌在嘲笑他，第二天早上他要求搬到隔壁去。过了好几个晚上——或者比那时间更长？——他把这首歌追上了索纳克旅馆的圆柱形核心，意识到任性的歌词变得不那么明显了，而不是更明显了。柱子周围一个个令人陶醉的房间就在他的身后。夜复一夜，他在床上随着这首歌的和声旋转辗转反侧，城市的灯光像频闪灯一样在他紧闭的眼睑上荡漾。这位世界著名作家蜿蜒向上，直至他到达城市的另一边，整个城市都看不见了。当他“睡觉”的时候，窗帘像往常一样拉开，在他眼皮上闪过的街灯，被远处树林深蓝色圆顶上的月光取而代之。

未完之歌

这位世界著名作家无法完成这首歌的歌词，于是就有了一个惊人的启示：他在任何尚未完成的阶段总是比在任何最终完成的状态下都要好看。他意识到，在不完整的那一刻，他总是有潜力变得比他最终的样子更好。他震惊地意识到，他完成之前，没有任何东西能像它一样完美。播放表不仅包括歌曲本身，还包括那些因与歌曲好坏无关的缘故而被删除的歌曲、因添加错误的歌曲打乱那些因失去双胞胎而尚未完成的歌曲。2001 年 9 月双子塔倒塌的时候，他花了几天时间编写了一个播放表，这会适当开启一个惊人的新世纪。正如二十世纪是有关政治，也就是生存，二十一世纪是有关上帝，也就是遗忘，他的国家完全没有准备好去思考这个问题。他发现没有一首歌配得上这个事件，或免于被它削弱，或不会反过来削弱这个事件。在这位世界著名作家用了一辈子时间相信总有一首歌足够伟大或足够亲密之后，没有一首歌能同时证明足够伟大和足够亲密。

不配之歌

所有的歌曲都随着双子塔变成了废墟，所有的歌曲都源自一个失败的梦想，这标志着一个世纪之前和更早的一个世纪。这位举世闻名的作家只是希望，如果没有一首歌掌握了理解的关键，那么，一个播放表就可能会包含足够多的含义，代表着新世纪在火焰和鲜血中的诞生，从 1931 年版的《我的一切》开始，作者来自斯特利维尔红灯区，他的自我神话意识敏锐而又不靠谱，他声称自己出生于 1900 年 7 月 4 日。播放表以 1999 年的一首名为《破碎的天空》的歌曲结束。这首歌的作者是出生于哈莱姆的技术专家，他是一位世界著名作家的后代，这位作家将美国人的痴迷定位在了一只白色海怪上。帕克和齐玛的父亲既疲惫又睡眠，越来越多的人怀疑他并非世界著名，也许从来没有，这让帕克和齐玛的父亲感到羞耻。帕克和齐玛的父亲在索纳克旅馆的档案中徘徊，透过舷窗可以看到外面滚动的土丘。斑驳的月光洒在树丛上。不知不觉中，排列在档案走廊里的大量音乐转变了形式，一个地方的歌曲振动到了另一个地方。

周围环境

帕克和齐玛的父亲漫步走在播放表的大厅里，在每一首歌的入口都能瞥见记忆，到了走廊尽头却没有找到那首告诉他飞机过来时他最好做什么的歌。相反，他无意中发现了一道莫名其妙的电子琴划痕；他把头伸进去，准备穿过它的门槛；他被未来幻想团团包围，这是以前从未见过、但无论如何都记得的幻想。巨大的球体闪耀在周围的银色扁平台面上，他无法确定它是黯淡的太阳还是满月，远处两座巨大的坟墓在阴森的光线下张着大口，地球的创伤从国家记忆中移动过来。他蹲在两个坟墓前，随着他越来越靠近他们，两个小人物变得越来越大。这位世界著名作家不禁感到他妈的恼火。“噢，好吧，”他怒气冲冲地说，这时候他们伸展身体站了起来，“你们两个能来，真是太好了。终于来了。”

未知之歌

“搜寻与毁灭”沉重地叹息，转向“一个陷入困境的国家”。“你想告诉他吗？”他问道，另一个捉刀人悲伤地看着这位世界著名作家一会儿。“听着。”他最后说道。

这位世界著名作家就算最不暴力，也有一种强烈到使他震惊的想法，那就是狠狠地揍“一个陷入困境的国家”，然后把自己踢进后面的深渊。“什么？”他突然在半道上停下来，反驳道，“我想，你会告诉我，我不是世界著名的。”

捉刀人摇摇头。“你不是。”

“那我需要你做什么？”

“你不需要。”这位世界上最不出名的作家抬头望着轰隆隆的天空及其煤渣色的球体，然后往下看双子塔被烧焦的空洞。“这是哪里？”他咕哝着问道。

“这些不属于这里。”他朝那些坟墓点点头，“我在电视上看到它们倒下了，在这附近的任何地方都没有发生这种事儿，无论这……是……哪里。”他说，“当它们倒下来的时候，一切都变了。”

“噢，上帝啊，”“搜寻与毁灭”滴溜溜转动着眼睛咕哝说，“但不是‘一切都变了’之类的事儿。”

“举世闻名的部分，你就知道了吗？”“一个陷入困境的国家”说，“这不是改变了的一件事情。”

“我确信，”这位鲜为人知的作家开始抗议，“我将成为世界著……”

“这是不可能的。别自以为是。”

“我们都愿意相信一切都变了，”“搜寻与毁灭”说，“可这是真的吗？一切都恢复了正常，或者说，真正正常的东西是什么，因为我们从来没有像我们想象的那样对人类历史的混乱无动于衷。”

“我……写了这一切！”作者结结巴巴地说，“二十世纪是怎样的……”

“噢，当然，”“一个陷入困境的国家”说，“我们也一直在仔细考虑着每个词。”“搜寻与毁灭”突然放声大笑，两个捉刀人很快都呵呵笑了起来。“二十世纪这个，美国那个。你把这个叫做变化？”他指着周围的一切说，“这只是混淆了名字标签，伙计。你这一分钟坐在新娘的桌旁，下一分钟就是新郎坐了。”

“哥儿们，”“搜寻与毁灭”合唱团咯咯笑道，指的是他自己和对方，“即使是假的你也比真实的你聪明。这说明了什么？对了，”他把手伸进口袋，“这就是你一直在寻找的东西。”

帕克和齐玛的父亲从捉刀人的手里拿了一张银碟，上面用黑色记号笔潦草地写着一位世界著名歌手的名字，捉刀人和他有几分相似，而作者和他根本不相似。他试图在灰蒙蒙的月光下辨认出歌名，“谁能看懂这个？《噢，暗轨》？”

“《情人渡》。十九世纪美国民间……”

“我知道《噢，情人渡》，”他看着歌手的名字脱口说道，“但我从来不知道是他录制的。不管怎样，”他坚持说道，“我认为，这并没有告诉我飞机来时我最好做什么。”

“噢，那个呀，”捉刀人向他保证，“这是另一回事。”

第 16 音轨和第 17 音轨：《黑色和棕褐色幻想曲》和《迈尔斯打倒伏都教[①]》

与此同时，在《夜班火车》走红前的三十多年，一个奴隶的孙子借用吉普音乐的萨克斯即兴曲创作了一部名为《深南组曲》的作品——他还创作了《情调靛蓝》《孤独》《成熟女人》《乘A号列车》《亲吻的前奏曲》《白日梦》《伊斯法罕》《超蓝色》《月雾》《如果没有那个秋千，就什么都不是》——这是他录制的《黑色和棕褐色幻想曲》近十二张中的第一张唱片，其中藏有一首扛鼎之作。这是《哈莱姆的棉花俱乐部》最热闹时的原声音乐，也是雷电华影业股份有限公司出品的一部二十分钟全黑人电影的基础。作为一个风度翩翩的人，也许是一个有眼光的人，作曲家拥有一流水平，可能还有讽刺意味，祝贺一位年轻的下一代钢琴家登上了美国最著名的新闻周刊的封面，这位羞涩的年轻钢琴家只能结结巴巴地说："这本该是你。"从那以后，仅仅因为他是白人，他才代替年长的黑人演奏大师登上封面。(他将为他的英雄写一首名为《公爵》的歌。)《黑色和棕褐色幻想曲》是诙谐的葬

① 伏都教，又译"巫毒教"，由拉丁语 Voodoo 音译而来，源于非洲西部，是糅合了祖先崇拜、万物有灵论、通灵术的原始宗教。伏都教是贝宁的国教，流行于西起加纳、东迄尼日利亚的西非诸国，信仰的民族有芳族、约努巴族等，也盛行于海地和加勒比海以及美国南部路易斯安那州和南美洲。"伏都"在芳语中是"灵魂"的意思。

礼进行曲的一部分，中间穿插着夏日黄昏漫步在莱诺克斯大街[①]上，仿佛这具尸体在去哈莱姆区公墓的一个永久安息地的途中释放了灵魂，在附近进行了最后一次短途旅行。在这部短片中，一位年轻漂亮的卡巴莱表演者在这首歌中跳舞至死。深邃的哈莱姆墓穴通往四十年后的入口，当时一个圣路易斯牙医的儿子吹着号角率领一支探险队走向非洲流亡的终点，伟大的加纳人和塞内加尔人四散的遥远结局并不是像《旧约全书》那样从奴隶制走向自由，而是相反。《迈尔斯打倒伏都教》不仅仅是一个民族长达三百年的历史，这十四分钟的音乐里还充斥着哀号、郁闷、爆发和鬼船荷兰水手[②]的幻想，它们漂浮在礁石破碎的琴声中，这是该死的美国对那个美国号召的回应，那个美国可能仍在《黑色和棕褐色幻想曲》中得到救赎，因为美国的精神已经离开了它的躯体，走向了坟墓——最后一次游览这个国家曾经为自己设想的各种可能性，即使这些可能性在建国之前就被出卖了。还有，在打倒伏都教的时候，号角手（一个自尊心很强的人，当他在鸟巢外的一个金发女郎的陪伴下被警察发现的时候，他的大脑几乎被警察击碎，而仅仅几周之后他就录制了一张将成为有史以来最受欢迎的爵士乐专辑）如今正在追寻并开始为自己的遗忘、自己的虚无之声谱写音乐——埋葬之外的东西的声音。第三个人既是这两个人的中间人，又是他们的继承人，他的歌对这两个人来说只是影子。他是美国黑人、彻罗基人[③]和爱尔兰人的混血儿，在西雅图由一个虐待儿童的家庭抚养长大，一名社会工作者报告说，只有男孩对吉他感兴趣才能救他，他移民到旧世界的所在地伦敦，

---

① 莱诺克斯大街，位于美国佐治亚州亚特兰大市。

② 鬼船荷兰水手，传说中被判在海上航行直至上帝最后审判日。

③ 彻罗基人，北美印第安人。

绕过纯粹的恶名，直接走向传奇。在默默无闻地离开他的国家七个月之后，他带着史诗般的环境音景回归，从混乱的城市到海洋石窟，再到危险的遥远海岸，没有人能够穿越，打破外太空和内太空之间的心理壁垒。小号手听到了吉他手的星际蓝调，标题像《来自太阳的第三块石头》和《伏都教智利（稍微回归）》，然后不管是轻微的还是其他的，跟着他们到了无法回归的地方。

第 18 音轨和第 19 音轨：《暴风骤雨》和《何时何地》

这两首歌都是在二十世纪三十年代伟大的民族危机中创作的，都是对四十年代伟大民族危机的解答，其他歌曲如此明显而又渴望地承诺《我会见到你》和《我们再相会》，当时没有人能让自己来回答，除爱情或生命的另一面之外，无论是天堂还是尘世，你都不会回答，我们也不能回答。人的心灵通过治愈而出现了最大的叛逆行为。它出现了最大的背叛行为，在本该永恒的爱中幸存下来，这本该是心灵的负担，进入永恒，但这负担会因太多的时间而卸下，更糟的是，太多的平庸，太多处于爱之下的一切，都不够好，不足以成为爱。尽管《暴风骤雨》是在新政诞生之际、在经济萧条的阴霾中谱写的，但它的标志性唱片却是在这个国家开战的一年里录制的，这位歌手曾经是棉花俱乐部合唱团的一线美女，集黑人、白人和美国印第安人于一身，是约翰·卡尔霍恩的曾外孙女，约翰·卡尔霍恩是南北战争前美国最强大的奴隶制捍卫者。因为它的旋律是由一个来自纽约的犹太孩子写的，就像其他许多美国歌曲集作者一样，他也写过《彩虹之上》和《雨过天晴》，所以假设他的大脑有气象学，那是合乎情理的，但他没有写任何这些歌曲的歌词（或标题），因此，在他的音乐中，有云彩、降水和微光的预兆，似乎把他的三个完全不同的合作者的“气候”都带了出来（也许还应该指出，作曲家的双胞胎兄弟在出生后二十四小时内死亡）。这与美国渴望“纯真”的想法产生了共鸣，后来的评论员总是认为这个国家“迷失了方向”，但这一点从来没有出现过，《何时何地》引导着回忆的词汇，只有当你终于和我一样变老，你的时间被跟随的孩子们标记得最多，就像我的孩子们标记着我的时间一样，才会变得苦乐参半。“我想，”我曾经试图告诉我的儿子，“即使身体衰老，心灵也会进入你最美好的时刻，那个你最能找回自我、最清晰地认识自己的时刻，那个你拥有的一切都达到最佳状态的时刻。”［帕克对这次谈话毫无印象，也不知道他的父亲在说什么。］大概对一个国家来说也一样，它的心灵只要满足了对自己最清晰的感觉，就会执着于此。在百老汇，《何时何地》最初是由一个年纪太小不能唱这样一首歌的人莫名其妙地演唱的。但是，从我越来越冷淡的角度来看，我逐渐意识到所有伟大的歌曲都是由一个年纪轻轻的人演唱的，他不记得，相对于父母亲的爱，曾经浪漫的爱情似乎如此强大，他认为自己可以为之而死，在即将到来的漫漫长夜里才意识到有些这样的爱几乎已经全然失忆。好像我们以前是这样站着说话的……但我不记得了……所有的年轻歌手，他们究竟知道什么？但是，有时候这些歌曲比年轻歌手或年轻作曲家了解得更多，那些创作《伟大的美国歌曲集》的男孩团队始终来自纽约的成对年轻人，为一个白人曼哈顿男性谱写伟大的音乐专辑，书写他们知道的一个民族的渴望和虚幻的成就——也就是说，在某个地方有一本影子歌集，暗自出现在听力范围之内，这本歌集源自这个国家的其他地区，也是在听力范围之内，具有其他性别和颜色。当十五岁的埃莉诺拉·费根从哈得孙河对岸的菲利德经过巴尔的摩的时候，她是未婚母亲和不明父亲的女儿，她演唱了《我会见到你》（来自另一对纽约年轻人创作的另一部音乐剧），你可以让她在阿罕布拉俱乐部或哈莱姆区波德和杰里的烛光下歌唱，而另一本歌集中的歌词和旋律以及歌手的非正式名字——比莉——像野火一样超越了她的真名。被捕后，她死在了医院，临终时被铐在床上，只有她的传奇无法被拘留。创作、演唱这些歌，面对世界上最伟大的人类大火，难道每个人都已经变老了吗？是不是每个人都已经厌倦了他们的年龄？那么，在二十一世纪的第一年，在夏天最后一个星期二的早晨，有关这个千禧年诞生的歌曲又是什么呢？现在有人真的大到可以写歌或唱歌了吗？

邻近之歌

从现在起两三个月，回到上萨斯喀彻温省之后，时间长得他们可能会忘记双子塔曾经在崎岖地上，或者可能会忘记夫妇俩曾经驱车千里去看双子塔。一天晚上，特雷西被她和妻子在那里听到的那首歌吵醒。她在黑暗中从床上坐起来，试图确定歌声来自何方。她认为，它听起来很近，几乎就在她的身边。

之后，她意识到这首歌就在自己的身边，她望着琳达，只见琳达头枕在枕头上，双眼圆睁，嘴唇噘起，歌曲如烟似雾从嘴里袅袅逸出。午夜真的变得很糟，种种回忆总会开始。惊恐之中，特雷西从他们的床上蹿到房间的边缘；琳达的嘴里发出的歌并不是琳达的声音，也不是特雷西能够听出的任何声音。它没有性别和种族。这首歌具有自己独特的声音。

偷渡者之歌

所有偷渡者的歌曲都有自己独特的声音，所有的歌曲从来没有自己的声音，而是等待歌手赋予它们一种声音。再过几个月，她能够感觉到任何不可怕的东西的时候，午夜事件会给特雷西一种奇怪的感觉。事件发生后的第二天，琳达看起来几乎和以前一样，但又不完全一样，而且第二天和第三天似乎不那么一样。她和其他人——帕特森和奥尔蒂兹、拉姆西斯和哈特曼——一样受到侵扰，她一岁的时候就喃喃低语伴随着合唱、渐强的歌剧旋律和远处幽灵般的钟声。回到他们的亚历山大港，在距离古孟菲斯遗址不远的地方，曾经统治过法老美尼斯的地方，努尔人听着他们十三岁的女儿在睡梦中唱歌，我是一块孤独失落的滚石，为我的罪恶生活付出了代价。第二天，他们将带她去看医生，确认她还是处女。贾斯廷·法伯刚满六十四岁就知道他永远也活不到六十五岁了，他对“回到家的时候，我发现门上有张字条”幡然醒悟……燃烧的航空公司会让你在他的体内发出更多的咯咯声。当歌声在夜晚奔逃的时候，他看着自己也跟着歌声奔逃。前警长蕾·贾尔丁把车子停在庞恰特雷恩湖的北岸，自从崎岖地终于安静以来，歌声呼啸，始终萦绕在她的脑海当中，她漫步走在五十年前她最后一次行走的沼泽地公路上，当时祖父紧紧地拉住她的一只手。

遗迹

或者她认为反正这是同一条路。有时候，她会在潮湿的下午停下来，环顾四周，确定一下；尽管她已经离开这段生活几十年了，但她认为，她来到这里的时候，对这段生活的记忆会像她来的鬼塔里的电梯门后面一样无可争议。她认为从那些树更高的叶子到更低的叶子的雨水残留声五十年都没变，而从更高的树枝掉落到更低的树枝将会是同样的男人的笑声。她寻找发生这一切的那棵树，因为树只知道某一块蓝天，某一阵风，乌鸦的某声啼叫，某些人在树下哈哈大笑，或这一切的邪恶。瓦伦廷事件发生后，在杰克逊城外55号州际公路上，在崎岖地和路易斯安那州之间的某个地方，警长决定她需要再看看这棵树，但她一直没有找到。它已经消失得无影无踪。那天下午，她像在墓地里搜寻坟墓一样在沼泽里四处搜寻，最后终于放弃。当她到达南达科他州的巡逻车的时候，有那么一瞬间，她仿佛从国家记忆中的一个闪光的缺口中窥视，就像一个男人在九十三层醒来，第一时间看到一架波音767客机正朝他飞来，警长可以发誓，新奥尔良在她的面前正在燃烧升腾。

谱号

在达科他州崎岖地出现双子塔二十年后的今天——这一事件可能会演变成参加宗教幻想的卢尔德传说①，但事实上，二十一世纪的技术已经证明了这一点——从德拉诺②到达拉斯，从孟菲斯到蒙哥马利，成千上万的人都证实了双子塔的重现。有些人认为，这条路线在历史上令人不安。双子塔之间偶尔被一片区域隔开，比如塞尔玛段十英里的 80 号公路。

通过卫星照片配置重新再现的累积数据，研究人员既不能确定也不能排除音乐形成了五线谱模式，更不用说确定哪一处可能代表开始的谱号了。这意味着，在全国各地出现的双子塔代表的音符可能构成一千首旋律中的任何一首，其中任何一首或全部都可能是《噢，情人渡》，但事实上并非如此。我们花了好几年时间试图解读一首循环往复的曲子。然而，美国并不是循环往复的。

---

① 卢尔德传说，卢尔德是位于法国西南角比利牛斯山的一座小镇。这座小镇之所以闻名于世，是因为一个当地神秘圣水的宗教故事。传说 1852 年 2 月 11 日，十四岁的牧羊女贝尔娜岱特来到波河岸的洞穴附近拾柴，圣母马利亚突然出现在贝尔娜岱特的面前。圣母马利亚告诉贝尔娜岱特："请到河边喝点水，洗洗脸！"当她挖开洞穴附近的地面的时候，泉水喷涌而出，后来多次出现用泉水治愈各种疾病特别是瘫痪的奇迹。这座小镇因此成了基督教最大的朝圣地。

② 德拉诺，美国加利福尼亚州南部城市。

$2t = [c+m]^X$

至于最初的崎岖地事件，未经证实的就是，塔本身是不是真的来了又走，出现又消失，或者它们是不是一直存在，看到它们的人是不是在时间中出现又消失。时隔十年之后，这种推测将会因自相对论和质能等价以来最具开创性的科学公式而变得更加扑朔迷离。冯德尔·谢恩医生的（过去意识编码保留）计步理论证明了记忆不是一万二千年来假设的时间函数，但从经验上和数量上来说，时间是记忆的功能，扭转了久已公认的客观性和主观性的对立。

在这一点上，政治无用性的传统日益增长，一些人呼吁“制订计划”，迎接双子塔在未来二十年内的下一次显现，尽管具体计划是什么尚不清楚。当双子塔返回的时候，会不会有一张巨大的网从天而降，将它们固定在原地呢？摩天大楼会不会被一股巨大的电力冲昏过去？在此期间，美国——也就是说，美国从来没有像现在这样只是个梦——越来越不像它自己，直到它不再被所有人认识。

ameri©a

地区脱离了国家，州脱离了地区，城市脱离了州。到本世纪中叶，这家新近成立的俄克拉荷马基督教联合会根据与贸易有关的知识产权协议向世界贸易组织申请“美国”专利。西北半球其他实体也提出了一系列反诉讼。该组织理事会试图以单一性、功能性和先例等典型标准来评估请愿书，最终将各处索赔代表聚集在一个封闭的会议室里，那里没有种种数字资源，每个人都被提出了一个问题，“美国”的专利权属于能给出正确答案的：谁在1928年6月录制了《西区蓝调》?

事实上，有两个正确的回答，从而使每个选手都机会倍增。这两个都不是由任何一个潜在专利持有人提供的，而是由代表努沃·阿比西尼亚的旁观者提供的。直到最近才被称为埃塞俄比亚，努沃·阿比西尼亚对“美国”的专利毫无兴趣，这自相矛盾地赋予了最终裁决更大的道德逻辑，因为安理会进一步确定，作为一种概念，“美国”早在美国之前就存在了，从一开始只有阿比西尼亚存在时就存在了。

拱门之歌

这个“国家”由所谓的影子公路纵横交错，这是唯一被确认为仍受国家主权管辖的联邦土地的地理区域。一万五千英里长的这种大道上有无数拱桥，这些拱桥是由棚户区居民建造的，他们不顾一切地想居住在美国的任何地方，他们之间的距离很近，这些道路不像水平斜道那么开阔。尽管大多数人对这些教徒持怀疑态度，但其他大陆居民聚集在公路旁，聆听来自这些临时的城市音乐。夜深人静的时候，在这个遥远国度的任何一个角落，无论从哪个方向都能听到美国拱门的声音，就像一连串钟声一直延伸到耳朵能够听到的地方。

这种音乐不同于任何人听到的音乐，因为曾经被称为“美国世纪”，那个世纪的主导音乐引人注目，已经传播到了美国之外——当音乐是有关美国的时候，不管它是不是来自美国，不管它相不相信美国，不管它想没想到美国，不管它是摒弃还是拒绝美国，都是对美国自我背叛的表达和反驳。不管有没有人知道，二十世纪的音乐都了解美国。上世纪，当美国玷污了自己伟大的思想，也就是这个思想诞生的那一刻，一首蓝调歌曲就被唱了出来。它是由美国奴隶制产生的蓝调，由奴隶制的孩子制作，每次演变都吞噬了之前的一切，蓝调吞噬了吟游诗人，拉格泰姆吞噬了蓝调，爵士乐吞噬了拉格泰姆，叮砰巷[①]歌曲吞噬了爵士乐，流行乐吞噬了叮砰巷歌曲，摇滚乐吞噬了流行乐，嘻哈音乐吞噬了摇滚乐，嘻哈音乐在年轻白人中变成了游吟歌曲。正如二十一世纪曾经是未来一样，未来的主导音乐——如此引人注目，已经超越了它自己的时刻——是对未来自我背叛的表达，然后是对未来自我背叛的反驳，在未来的可能性变成现实的那一刻，也就是说，它们是想象出来的那一刻，是未来对自己可能性的玷污。当双子塔本应在（达科他州首次出现）四十年后再现的时候，它们却无处可寻。事实上，大家都不知道，它们已经回来了，离崎岖地不到一百五十英里，被埋在了密苏里河大桥东侧半英里深的地方。

① 叮砰巷，源于纽约的流行歌曲出品制作地区。叮砰巷歌曲是美国十九世纪末至二十世纪初于纽约曼哈顿第二十八街音乐出版公司工业式的产物。

第 20 音轨和第 21 音轨：《谋杀公司》和《盲人威利·麦克泰尔》

在二十世纪的最后二十年里，两位歌手几个月内写下并记录了这个国家的形象，他们在不同时间被授予了“吟游诗人桂冠”的称号。但是，在这位五十年来最受欢迎、最无情的总统执政期间，人们并未想到要唱这种歌。这位政治天才从政之前就知道要扮演一个反英雄、反高贵的角色，故意要和规律反着来。第一首歌曲借用了二十世纪三四十年代有组织犯罪的指定刺客的抒情主题，*无论你望向哪里，生命没有灵魂*；到了二十世纪八十年代，整个国家都是谋杀集团，当歌手唱到结尾的时候，听众意识到，事实上，故事的叙述者已经死了。第二首歌是一首蓝调，没有人能像盲人威利·麦克泰尔那样演唱，他不是这首歌的主唱，也算不上是它的主题。*看到门柱上的箭头说，这片土地被征用*，它开始唱道，然后一两分钟内，随着鞭子的抽打，大种植园在燃烧，这首歌的恐怖之处展现在观众的面前。两名歌手神秘地拒绝发行两首歌，转而支持劣等歌曲，这可能是因为其他歌曲都无法与这两个无情的陈述联系在一起。他们不是双胞胎或兄弟，也不是父子（他们分开了八年），当他们创作这些歌曲的时候，歌手（年轻的来自泽西海岸，年长的来自中西部冰原，他们无心获得成功）——处于相反的两端。是什么审美上的错误判断或野心家的考虑使这些歌曲的创作变成了心理剧，唯一的结局就是这些歌曲受到压抑呢？年轻的歌手正处于被沙文主义利用的边缘，尽管他可能很清楚沙文主义会助长自己的人气，但他鄙视它。年长的歌手努力挣脱流亡状态，在他成为最瞩目的白人音乐家后不满二十年，听众抛弃了他（他有一种奇特的神秘感，以至于他觉得公开暴露的话让人反感，即使他的一部分自己喜欢如此。最糟糕的是，他的灵感来自别处，因此感到惴惴不安，他的旋律与另一首名叫《圣詹姆斯疗养院》的旋律极相似，那首歌是关于一个男人，他去尸骨堂或监狱，甚至是去像旭日宫这样的妓院寻找，结果却发现他的爱背叛了他，或遭监禁或死亡，这要看到底听到了无数个版本中的哪一个（包括真正的《盲人威利·麦克泰尔》)？无论如何，《盲人威利·麦克泰尔》如此强大，因此可以瞬间压倒任何听众对它的前身的回忆，几乎强大到足以压倒歌手自身倾向的地步，在傲慢、任性和自我破坏间摇摆不定，传达和呈现夭折的不仅是这首歌，还有它可能对观众的共识造成的影响。私刑是一种共识。两位歌手各自都有自己的私刑暴民，哪怕继任一再向前任致敬，但他所做的无非是改变了想要拯救的音乐，显然年长歌手对年轻歌手的怨恨就像每个国王都恨他的王子一样，反过来，儿子们宣布他们独立于父亲。很难知道我的儿子对这两个所谓的获奖者有没有任何用处。我甚至还记得在青少年时期是多么痴迷于另一首歌，那是一首疯狂的超现实，表达了代际之间、前辈和后辈之间的不理解，时隔五十年之后，当我十几岁的后继者在车里听到这句话的时候，我发现这句话几乎完全失去了效力，他得出的结论是，这句话和他的父亲六十年代那些吹牛话一样可笑。“他也尖叫道：‘你这么蠢吗？’”帕克嘲笑说，“究竟是怎么回事？”碰巧的是，我最后一次听《盲人威利·麦克泰尔》是

2001 年 9 月 10 日，我注意到，就连充满恐怖和憎恶的歌词在它们的表达和演唱中都如此美妙。第二天恐怖袭击的画面我看了一遍又一遍，脑海里还在播放着《盲人威利 · 麦克泰尔》，我再也无法听它了。

《午夜梦回》

致杰西 · G. 普雷斯利

你这个疯子：

我们说什么能让你停下来呢？你带来的新奇感已经消失了，你最近的精神病发作（我们在此退回）彻底耗尽了你的"审美"姿势中曾经被认为有趣的东西。当然，到目前为止，任何被你的"工作"吸引的疯狂追随者都已经转移到了不折不扣的消遣上。此外，如果通常的编辑做法是刊登针对45转/分唱片的评论，我们就可能会为实际存在的唱片预留这样的空间和墨宝，显然是通过向各种唱片公司和渠道咨询而得来，而你的新长篇大论的对象却不是。（大概这就解释了你为何不分析音乐并拒绝提供艺术家的名字。）我们可以补充一点，没有人听说过"月神唱片"。请允许我们装聋作哑，假装你也不存在，并被建议这类信件可能会交给有关当局。你已经变成了一个可怕的人。

编辑同仁　谨上

1974 年 4 月 4 日

《噢，索沃伦》/《噢，情人渡》［没有透露录音艺术家的姓名］（月神唱片）

看那张死亡唱片，~~狗娘养的龟儿子小宝贝女士们先生们男孩们女孩们，不管你们都是他妈的谁~~，我不是指随便哪一张，而是指这张双面妖女诱惑的最奇特和最具破坏性的唱片：因为你们到现在都知道，我是黑色咆哮和邪恶暴风之神，来凝视这个毁灭广场的独眼巨人，点燃了我们之间的导火索，开启那张唱片的地狱之门。多年来我一直在警告你，现在这大量证据就在我的手里。在午夜过后的最后几个小时里，我匆匆写下了这些，直到睡眠吞噬了可怜的自己，仿佛在我从来没有出生的时间和国度里，每一个沉睡的人都把我扔回到黑塔上，我怎么也不能肯定，每天晚上最后一次飞跃都会变成狂风，把我刮向另一个世界，我几乎相信我属于他，而不是他。我几乎相信我不是错的那个，所以这不仅仅是批评。这是杰西·G. 德·普雷斯利的宣言，是最后的遗嘱和声明，我要在唱片纹槽里搜寻这个国家，不放过最偏的角落，以便找到并销毁这该死的 45 转 / 分的每一份现存副本。我在此提出，谁决定四十五转是正确的转数？为什么不是六十分钟或二十四小时？为什么不像一个国家墓碑上的出生和死亡日期一样是 1776 年、2001 年？谁承认 45 转是我们互相倾听和理解的速度？因为我肯定不知道，你们~~这些娘们龟孙鸡奸犯窃贼凶手亚伯阿胡拉恶神艾拉查理·菲尔斯和唐斯·布莱恩斯、丹尼斯·雷、~~

~~戴维·杜安斯、格雷格斯·威廉姆斯、吉米·利亚姆斯、诺埃尔·杰西和埃尔维斯~~娘们，我都是以自己选择的速度听到所有的一切，也就是说〇（零）。我听到死亡唱片没有在唱片机上旋转时唱的歌。~~坎迪为此而死，该死吗？~~我敢肯定，这些年来你们都觉得很有趣，我完全相信这些年来你们一定嘲笑过我那些五花八门、百无聊赖的老一套。我一生都在相信，没有哪一首歌值得我愤怒，没有哪一首歌足够宏大和亲密，足以让我复仇——所有的歌曲都注定要成为我们其他人命定的废墟，所有的歌曲都属于另一个地方和另一个时代。但现在，我是为了所有人和所有事来的，你听到了吗？现在我打扫商店，破坏垃圾箱。我大肆掠夺唱机的每一份拷贝的每一丝痕迹，这些拷贝将被扔在柴堆上或被撕成两半，它最锋利、最参差不齐的刀口切开了每个叛徒的喉咙，因为每个叛徒的肮脏耳朵都听到了这个。每一段旋律都会伴随着血泪交加奔向喧嚣的海洋，我的大脑燃烧着，在我躺着的地方烧了个洞，没有任何东西能让我冷静下来，所以我可能会化为青烟。我将净化无线电波，不管它们是在 0 转 / 分、2001 转 / 分或在这之间的任何东西。在他妈的地狱里再跟你们大家相见吧。

JGP

《纽约邮报》

1968 年谋杀波尔的嫌疑犯

与纵火有关

沃霍尔完蛋

越轨者逍遥法外

5 月 12 日，纽约市——一名六年前美国前参议员和总统候选人遇害案的“利害关系人”最近几周被当局认定与市中心发生的一系列爆炸事件有关。

继 4 月 8 日的大火摧毁了位于麦克道格尔街和第三大道交会处的格林威治乡村音乐商店之后，六起大火烧毁了当地的其他唱片公司以及位于第三十大道、人称“教堂”的哥伦比亚唱片公司，4 月 19 日的大火重创了唱片业。

警方拒绝透露嫌疑人的姓名，但根据知情人士透露，日前正在进行的调查集中在杰西 · G. 普雷斯利的身上，这个人年龄尚不明确，除了参与过 1968 年 6 月 3 日枪击民主党政坛一位昔日新星和马萨诸塞州前驻英国大使后裔的事件，外界对他几乎一无所知。这一离奇事件引起了全国的关注，并导致赫赫有名的“工厂”关闭，位于曼哈顿下城一个“表演”和“艺术”的场所，谋杀就发生在这里。（随后的调查表明，普雷斯利可能是最初的目标，他在枪击事件中没有受到指控。）

在最近的两起纵火案之前，有人听到一名符合嫌疑人特征的男子因出售一段不熟悉的录音而与店主发生了“可怕的”和“精神错乱的”争吵。据称，嫌犯扬言要报复一个店主，在另一个例子中，他怒气冲冲，指桑骂槐，质疑经理的真实性。

当地出版的一份爵士乐杂志的编辑部也向警局发出警示，说嫌疑人行为无法预料。在进一步的询问中，《午夜梦回》杂志的编辑们承认，在过去几年里偶尔发表嫌疑人的文章，但对于他们鼓励犯罪行为的说法表示强烈反对。

尽管编辑声称引发纵火的 45 转 / 分唱片事实上并不存在，但受害商家坚称嫌疑人在对质过程中似乎随身携带了一份拷贝。

警方拒绝对普雷斯利可能已离开大纽约地区的猜测发表评论。

把它带回家

除身上的衣服和纸套里的一张 45 转 / 分唱片之外，杰西什么都没带，他坐着夜班火车从纽约到华盛顿，到弗吉尼亚州的里士满，再到罗利和亚特兰大，也没有忘记蓝调之乡新奥尔良。他一方面是亡命之徒，另一方面是执行一项任务，要扼杀美国歌曲，从乡下彻底清除这张专辑的最后一份拷贝，他追踪了月神唱片公司的录音室和总部，以便从源头上切断这首歌的声音。杰西在新奥尔良下车，距离这个城市最具传奇色彩的地区很近。在那里，他听到门铃尖声响起，枝条搭成拱形的橡树隐隐哭泣，颤颤巍巍的裸体女人从阳台上招呼火车上的男乘客。当他从火车上窥探到这座城市并没有受到如此无拘无束的欢迎的时候，他发现这座城市笼罩在同样的宁静之下，而他每到一站都是如此。

斯特利维尔

一片神秘的寂静气氛笼罩着整个国家。当杰西问法国区酒保如何找到曾经的社区的时候，他还不如问美国在哪里，因为这里曾经是美国自由和狂热的地方，这里有美国妓女和圆号手，有美国嫖客和萨克斯风暴徒，有美国皮条客和钢琴手，有美国醉鬼和鼓手，在曲曲折折的楼梯和窗户的迷幻之中，人们可以从这里纵身一跃——就像杰西曾经从塔楼的楼顶纵身一跃——进入一个美国的夜晚，回忆被埋葬或未曾经生活过的生活。包含着美国歌曲，不管它是什么样的狂野声音唱出来的，不管是什么样的野性创作，不管是什么样的狂野之心喜欢它，因为什么都比不上被严格禁止、更具美国情调的歌曲，这个地区的目的是隔离这首歌，最重要的是要让所有不受隔离的东西都不被美国化。酒保告诉杰西，他要找的地方已经消失六十年了。他毫不犹豫地相信，如果不是音乐，那就是精神错乱的地方。在那里，妓女自我神话化的儿子声称自己出生于1900年7月4日，就住在这附近，在耶稣受难的时代，在黎明前的最后几分钟，下一班火车出来，杰西点燃了伊贝维尔[①]和内港，点点火花在他的身后燃成了熊熊烈火，黎明冉冉升起的太阳在烟雾中化为一滴霓虹血。

---

① 伊贝维尔，位于美国路易斯安那州南部的一座海港城市新奥尔良法国区。

畅行无阻（火车）

他知道当局很快就会追踪到他的火势轨迹。他朝西部走去，那是梦想家真正的北方，那里的沙漠来找我们，蜷缩在门口，像一只用我们的骨灰做成的野兽；杰西在半路劫持太阳，把他的影子留在十字路口。自从他疯狂地跃入另一种生活以来，他第一次在脑海中听到那是他的声音，但又不是他的声音。列车上的乘客们都在谈论一条暗轨，这条暗轨从一个世纪的中心穿过一端，畅行无阻地穿过另一端，似乎没有校准或计数的时间存在，只有一个思想的时代。每一道阴影都隐藏着一条通向地心的通道，一股毁灭的风从那里吹出来。远处，就像火车的汽笛声，从梦中飘出的乡间景色扫过杰西的窗外，他脑海中的歌声越来越响亮，火车越来越接近维加斯的核心，世界的肉体在那里被文上了光芒。在夏季的最后几天，在秋天到来之前的九个早晨，他终于在离大海几英里的地方停下来，在一条离魔鬼标志只有六英里的公路的起点附近停下来。

站间的日子

杰西被厄运和解脱迷住了，心中有一条隧道，他从车站出发，向南穿过荒原，几乎立刻就发现了这是有史以来最奇怪的城市，一座对自己的存在充满敌意的城市。在主街和第六大街上一英里半处，他进入了德萨莫尔酒店，酒店十五层砖砌的一面贴有每周租金。服务员将前台的登记册推到杰西的面前，店员盯着他问道："是你吗？"

"不是。"杰西说。

"不是你，你怎么知道不是你？"

"不管你认为是谁，"杰西说，"那都不是我。"

店员问："你以前来没来过这家酒店？"

"没有。"杰西说。

"就在几周前？"

"没有。"

"这是你第一次来吗？"店员不服气地问道。

"是的。"

店员继续盯着他。"你确定吗？"

"确定，先生。"杰西在酒店登记簿上签上了"E. 亚伦·夏波恩（E. Aron Shadowborne）"。他到了旅馆最高层的房间里，不到十分钟电话铃就响了。

暗影出生

第一次他没接电话，但当电话再次响起的时候，他拿起了话筒。“是夏波恩先生吗？”电话另一端的声音问道。“是。”杰西在回答“是”时尽量不含糊。电话上的声音说：“我是阿克斯顿先生。我是饭店经理。我只是想欢迎你回来。”

“是的，先生。”杰西回答，“谢谢。‘回来’？”

停顿了一下。经理问道：“你几周前住过我们这里，对吗？”

“不对，先生。”

“也许你已经忘了。”

“没有忘记，先生。我以前压根就没有来过这家酒店，也从未来过这座城市。”杰西躺在床上，可以从房间的任何地方看到门上的锁；在这种房间里，你可以从任何地方看到里面的任何地方。除了一把椅子和一只小得没用的凳子，酒店的高架上只有一台小电视和一幅酒店开业那年（1927 年）的素描，当时查尔斯·林德堡[①]飞越大西洋，音响干扰了电影。杰西将纸套里的 45 转 / 分唱片放在电视屏幕的前面。房间里的旅行手册保证，德萨莫尔距离所有的一切都是“几分钟”路程，但德萨莫尔从来没

① 林德堡，全名查尔斯·奥古斯都·林德堡（Charles Augustus Lindbergh，1902—1974），美国飞行员。他生于密歇根州底特律，是瑞典移民的后代。1924 年，他开始随美国陆军航空军，训练成美国空军飞行员。1927 年 5 月 20 日至 21 日，他驾驶单引擎飞机圣路易斯精神号，从纽约市飞至巴黎，跨过了大西洋，其间没有着陆，共用了 33.5 小时。他因此获得奥特洛奖。

有在几分钟内远离任何值得几分钟远离的东西。大厅和夹层充满了奇怪的语言；奇怪的人在昏暗的走廊漫步，数着他们的指尖，嘴唇默默地蠕动着。由于缺乏水压，水槽和淋浴器几乎不滴水。

寂寞大街

晚上，杰西端详着房门的螺栓和两个门闩，这是一名房客最近因谋杀附近山丘上的十四名妇女而被捕时酒店添加的。另一位房客是东海岸的一名记者——因勒死三个妓女而被捕。当有人在这里敲门的时候，绝不是客房服务，也不是任何人订购的那种服务。多年来，伤心欲绝的恋人已经从德萨莫尔酒店的房间跳楼自杀。二十世纪三十年代，一名妇女砸到一个漫步在下面的行人上，砸死了他。就连德萨莫尔酒店的人行道也很危险。酒店里的其他客人都停下来，呆呆地望着杰西；一个与他的外貌特征相符的人在三周前失踪了，最后一次见到他是他独自冲进电梯。杰西听到人们在他背后嘀嘀咕咕，想象着除了他自己的房间，每个房间都有通缉他的告示。他从隔壁的门上偷了一块“请勿打扰”的牌子，并将这块牌子挂在自己的门外。那天晚上晚些时候，他发现大厅的另一扇门上挂着一个牌子——这是这层楼里最令人垂涎的东西，比如埃及人在门口涂的羔羊血，它预示着死亡的到来。他在黑暗中凝视着天花板，聆听天使从天堂坠落的尖叫声。

栖身

一天晚上，他蹒跚着从床上爬起来，注意到在他敞开的大窗前破旧的窗帘在飘拂。他不记得开过窗户。从一开始，他就知道自己需要什么来做自己——当然，他明白做自己并不是坐在床脚。他想，也许另一个人是从架子上偷回了他的45转/分唱片，但在黑暗中，杰西仍能看到靠在小电视上的纸套。另一个在他床脚下的人浑身湿透了；在透过窗户射来的城市灯火的微光中，汗珠从他哥哥的脸上滴下来。“为什么是现在，杰西？”他平静地说，没有嘲笑，甚至有点儿悲伤，“你认为你做了什么，改变了你所有的混乱？”他从床上站起来，补充道，“可你现在离得很近了，所以，哥哥，请跟我来吧。”走到窗台上，走出窗外，“不！”杰西喊道，后来拿不准他说的是什么意思。他等待着听到一具尸体撞到街上的撞击声，或者是人行道上被坠落的孪生兄弟砸死的人的哭声。第二天早上醒来的时候，如果是醒着的话，杰西发现床脚湿漉漉的，毫不奇怪，因为他在“梦见”母亲后曾经发现地毯上沾满了她的鲜血。

被遗忘的歌

在水压不足的情况下，他尽量淋浴、刷牙和洗漱。听到外面大厅里的喧闹声，他打开门，看到警察从他的身边经过，爬上通往屋顶的侧楼梯，在屋顶的水箱里发现了失踪三周的客人的遗体，大家都误以为是杰西。杰西端详着水龙头的滴水、手上的湿毛巾和床边的水杯。离开德萨莫尔酒店后，他徒步向西走去，身上始终闪烁着死人的光芒，就像参加一场仪式身上落满了灰烬的人一样。

太阳照在杰西的背后，他从死者的身体里抽汗，这具尸体幸存下来的孪生兄弟正沿着以植物群、喷泉和落日命名的道路，前行在最后一座美国城市的终点站。距离德萨莫尔酒店不到一英里，他经过一家曾经比较宏伟、现已荒芜的酒店，从八楼的阳台俯瞰一个以一战将领命名的广场，一位曾经命定的总统受到时代精神的震撼，他看到眼前的这座城市建有黑色高窗，音乐从天空一处洞里飘落下来。

阳台

尽管远处粉红色的空中缆车如凋零的玫瑰花瓣一般在高处摇摆，发出吱吱的响声，但现在这个城市却寂静无声，天空也不下雨。在远处一条以月台命名的林荫道上，杰西穿过拱肩的杂音，以歌相伴——他是一个咬着舌头要扼杀任何一首歌的人，从来没有唱过歌，只是为了向别人和自己证明自己不是谁。一天结束后，他来到了好莱坞山脚下的一个地区，德萨莫尔酒店的柜台职员把这一地区称为“布洛兹公园”。

杰西疲惫不堪，饥肠辘辘，在追寻月神唱片公司的时候，他紧紧地抓住即将散开、装在纸套里的 45 转 / 分唱片，在一座摇摇欲坠的人行天桥下找到了一个地方。人们正在那座桥上清扫从裂开的地球上喷出的黑色熔岩。他醒来的时候，就躺在一个悬挂在泥崖上的木笼子里。他看到了一座城市，只见这座城市的塔尖是内陆船只腐烂的桅杆，破帆上挂着毫无意义的徽章。烧焦的港口和右舷上灯笼闪耀，山坡上凸现出腐烂船头的轮廓。在杂草丛生的人行道角落，在废弃的十字路口上，耸立着古老的望远镜。

摇篮曲

经过四分之一英里外的山脊，喧哗声此起彼伏，玻璃碎裂，男男女女都在喊叫。从一只只搁浅的小船处偶尔会出现一家由现已不复存在的电影制片厂改造的旧旅馆，窗外的枪炮在昏昏沉沉的太阳的照射下闪闪发光。USO 和 FRN 的霓虹灯字母有一半已被烧坏了，上面写着一家关上百叶窗的餐馆的招牌。杰西可以听到动物在峡谷里奔跑的声音。如果他压根都不知道自己身在何处，那就该死了；在他醒来的最初几分钟里，他记得自己是在做梦——或者他认为可能是在做梦的东西，在他平时的睡眠状态下，这种睡眠状态过于断断续续，不适合被人抬起来抱着。

当他在暮色苍茫中凝视着下面的时候，他是聚集在一起的几百张黑脸中唯一的一张白脸。有些在小火旁的空地上，另一些则坐在窗户上，靠在有一半接触地面的船壳上。有些人只是带着微微的好奇心观察他们的囚犯，有些人则对他视而不见。四周到处都能听到来自各个街区的音乐，有交响乐和独奏，也有节奏和叠句。他意识到，除了今天早些时候脑海里和嘴边的曲调——还有没有昨天的呢？——除了他醒来时被烧毁的唱片店和录音室在烟雾中摇篮曲中响起，这是他记事以来，或许是他不记得的东西之后听到的第一首音乐。

暮色之歌

杰西从吊笼里可以看到西面有一条山谷通道穿过一条空无一人的高速公路。在东面的山麓是大隧道的入口，他的笼子旁边的山坡上有一个小海湾，那里有一名岗哨，岗哨旁边放着一个打开的喇叭盒，喇叭不受干扰。杰西和他的哨兵之间的距离是二十英尺。“喂，孩子。”杰西叫道。

“我不是，”卫兵回答说，“你的儿子，儿子。”

“如果可以知道我还能在这片天空下坐多久，我肯定会感激不尽。”

“直到他来。”卫兵回答说，但那天晚上或第二天早上，杰西醒来时听到的声音，即使速度太慢，他也听不出是他的声音，但没有人来。这一次，它不是在他的脑海里，而是在一个儿童旧唱机转盘上旋转着一小块圆形黑胶唱片。噢，情人渡，我很想听到你，伟大的民族蜕变之歌；直到那个时候，杰西才终于明白自己不再拥有 45 转 / 分唱片了。中午过去了，下午又过去了。当下面的人突然行动起来的时候，差不多又是黄昏时分了，一个孤独的步行身影出现在东部隧道的入口处，这条隧道从杰斐逊大道往南八英里处一直延伸到地下。当杰西的笼子被放进喧闹声中的时候，那个几乎带着教授气质的高个男人从火光中走了出来。

马利克

他戴着黑框眼镜，走路有模有样，富有个性，身高超过六英尺，快五十岁了。他那黑黑的脸庞和胡子都略带红色，仿佛永远反映着他生命中经历过的一切火焰，他的头发是由强奸了他的黑人祖母的白人外祖父遗传下来的古铜色调。当他走到开阔地研究杰西被囚禁的情况的时候，每个人都离开了他的入口，紧跟在他的身后。

“瞧，”他最后说，然后转向其他人，“是爆竹。我指的不是普通爆竹，而是真正裂成两半的爆竹，他的第一个吞食了第二个，他失去的那一半的蒸汽从他的肉里冒了出来。一方面我们可以叫他……解放者，”他咯咯地笑着，周围的人群都在和他一起咯咯笑着，尽管不知道到底是在笑什么，“因为他取代了他的另一半，所以把我们从偷了我们的音乐、偷了我们的风格、偷了我们耳朵里的声音和我们嘴里的歌曲的白人垃圾恶魔的手里解放了出来，以便在黑人幻想的经期痛苦中向两千万白人少女提供这些药物。所谓的国王死了。国王万岁。”

紧张

“另一方面，兄弟姐妹们，”他平静地抬起指着杰西的手指，“另一方面，我们可以称他为压迫者，因为他取代了他的另一半，而他的另一半恰恰是一个纯朴的白人傻瓜，打开了一扇白人之门，黑人的意识通过这扇门涌入，渗透到白人的体验之中。另一半则以他有限的方式教育美国白鬼，认为它是‘有色人种’——正如他所说的那样，‘没有人会介意’——他们唱着所谓的黑人棚屋和酒吧的音乐已经好多年了，后来他这白痴才知道那是什么。‘我是从他们那里得到的。’有一次，他这么直截了当地说，给了他们应得的荣誉。”

一个年轻女人给高个子教授端来一个杯子，教授轻蔑地看着杯子里的东西，然后把它倒在地上。这个年轻女子一副垂头丧气的样子，喃喃道歉。“没关系，”他说，“请给我水就行了。”杰西意识到，自从他来到布洛兹公园以来，除演讲者之外，所有的音乐和酒吧的噪音第一次被这个国家的沉默淹没。“现在，当我在监狱里的时候，”他接过另一个年轻女人的一杯水说，“我变成了一个健谈的人。德莱塞[①]先生。冯·歌德先生。布莱克本的

① 德莱塞，全名西奥多·德莱塞（Theodore Dreiser，1871—1945），美国现代小说的先驱、现实主义作家之一。代表作有《嘉莉妹妹》《珍妮姑娘》《天才》《美国悲剧》《欲望三部曲》。

莫莱[1]子爵。我们应该承认和注意，白人——而不是拥有先进的汤姆叔叔博士学位的黑人教授——白人，在短暂的顿悟中，他们战胜了心魔，掌握了真理。在监狱里，我思考着文字及其含义。所以，兄弟姐妹们，让我们一起思考一下'紧张'这个词的含义，同时让我们久久思考自己的困境，从而认识到这根本不是困境，因为无论是用这种方式还是另一种方式来破解破坏者、压迫者或解放者，我们的决心都不会改变，我们的战略也会被破解，却是以一种比明智和多面性更不具破坏性的方式来破解。我们要相信，我们从破坏者的卑劣生活中所能获得的任何价值，他的生命从他出生的那一刻起拥有的唯一价值，就是他的生命对白色破坏的能力。我们也要小心，因为他是个白人傻瓜，他的存在就像任何一个白人傻瓜的存在一样，也会毁灭我们。除了我们同时保持警惕和信任，其他方法没有意义。如果只做其中一种，那就会错过另一种的机会或警告。与此同时，至于'strain'这个词，"他微笑着总结道，"它有很多含义。当然，strain可能意味着付出巨大的努力。它可能意味着某些东西即使没有最终断裂也延伸到了脆弱的状态。而对我们的目的来说，最让人无法抗拒的是，不知何故，出于某种深不可测的语言文字学原因，用于病毒的同一个词也被用来描述音乐的主题。"

---

① 莫莱，全名约翰·莫莱（John Morley，1838—1923），出生于英国布莱克本。英国政治家。曾任记者、报刊编辑和国会议员，最高职务任至印度事务大臣、枢密院议长。著有《论妥协》《文学研究》。

做好准备

那天晚上，杰西在笼子里辗转反侧，远处传来的噼啪声，以及 45 转 / 分唱片的声音，是从附近的一扇窗户传出来的。尽管《噢，情人渡》这首歌不熟悉的另一面是用外语唱的，但杰西懵懵懂懂地听到了英语歌词，用的是他的声音，还是不是他的声音，更多的是说出来的，而不是唱出来的。

飞机过来了，所以你最好……

当他终于摇醒自己的时候，毫无疑问笼子被安置在坚实的地面上，门是开着的。

等周围的夜晚在东方开始泛白的时候，杰西恢复了意识。

眼前看不到其他人。他跟着 45 转 / 分唱片的声音穿过一个广场，经过几个小时前还在燃烧的余烬，沿着蜿蜒在山麓的石阶，来到了一座被树叶和灌木笼罩着的树林中的房子。退潮时的狂暴气息随着远处海鸥的叫声一同吹来。在台阶的顶端，一个小小的木制露台通向一个长长的单间，里面播放着唱片，在黑暗中过了一会儿，杰西才确定放唱机的凹室在哪里。

黑暗中的歌

他站在那里望着唱机转盘，望着唱机的手臂和唱针走到唱片末尾，然后从最后的凹槽上升并回到开头。一时间，杰西被一首歌不断播放的念头迷住了，当他的目光在黑暗中移向转盘旁提交的其他唱片的时候，只见在壁龛墙上贴着“五重奏”的“梅西音乐厅的爵士乐”的海报，好像只有一个五重奏才是重要的，在这种情况下几乎都是这样。最后，杰西意识到，几个小时前向他和聚集在一起的镇民讲话的高个教授男子，正躺在只有几英尺外的一张床垫上。

当那个男人睡着的时候，杰西从他脸上的黑框眼镜上辨认出了曙光。杰西从唱片上取下唱针，又从唱机上取下唱片；一直装着 45 转 / 分唱片的纯白纸套不见了。突然，杰西确信不疑了。“月神。”他大声说道，确信自己找到了要找的东西。不过，如果仔细想想，他就会意识到这根本没道理。沿着墙的卧铺在摇晃。“这房间里只有你一个人，”杰西从床垫上听到，“那就是你。”

堕落之歌

杰西说："还以为你醒了呢。眼镜。"

"即使在我的黑暗之中，"对方回答说，"我也还是一个有远见的人。无论如何，你走进房间的那一刻，我就能闻到你身上的恶魔气息——你失去的那一半带来的蒸汽以及你的身上散发出的恶臭。"

"是的，先生。"杰西同意。

"我当然不赞成音乐。音乐真神只听从麦加吹来的沙漠风。尽管蒙克和柯川有美好的愿望，但波普是我堕落的过去呼出的垂死之音，是林间跳跃和大麻烟草的丛林叹息，在头发上燃烧碱液，让它变成白鬼般的直发。那些我拉过皮条的女人的啜泣，就像一个倒下的兄弟试图冒充白人时发出狂喜的呻吟从我的耳边掠过。在监狱里，我放弃了音乐，转投文字。而就在我们之间，世界上最愤怒的黑人和黑暗中的白鬼入侵者……"

"好了，关于那个，这是我的东西，你确实拿走了，毕竟……"

"就在我们俩之间，我忍不住不时地尝上一口，就像改过自新的醉汉必须不时地喝一小口威士忌，就像一个承认了私通的人难以抗拒陌生女人的慰藉。我禁不住要尝尝鸟的味道，或是女王陛下戴娜·华盛顿[①]小姐的味道。'今晚教我吧。'

---

① 戴娜·华盛顿（1924—1963），美国蓝调、节奏蓝调和爵士乐歌手。1959 年凭借《多么不同的一天》（*What a Difference a Day Made*）赢得格莱美最佳节奏和蓝调奖，该版本 1998 年进入格莱美名人堂。

‘蓝色栀子花。’‘又大又长、滑溜溜的东西’……只是……”杰西听到他在黑暗中低声笑着，“有点儿味道。”

“嗯，”杰西说，“你一定喜欢这张唱片反复播放。”

“不。不。”对方的声音有些变化。

“没有。我只是……它有个秘密，”他说，“它有影子。”

“你以为一遍遍播放就能弄明白吗？”

“不是。我每次播放都希望不要泄密。我每次演奏它，都是为了在结尾时得到放松，一闪而过的放松，就像一开始那样感受不到阴影。”

“先生，”杰西表情严肃地说，“我是来杀死美国歌曲的。”

“是的，”黑暗中的声音回答，“你要在桉树下面找。你一看到就知道了。”

褴褛之歌

在桉树之外，在桅杆风帆的残骸上，徽章已经褪色了，任何一个和杰西一样不了解它的人都无法辨认：他和弟弟肩并肩的老照片，各自就像西部枪战片一样从枪套里掏出六响枪。没有牛仔帽，没有长袖带扣衬衫，没有靴子和牛仔裤，双束腰带，皮套挂在右胯处；这对双胞胎看起来不是正对着镜头，而是有点儿偏。舱门呈黑色，在船帆微微飘动的碎布下面敞开着。

杰西大踏步穿过，顺着船上螺旋形的台阶往下走，比他想象中的船体要深得多，只有当他到达船底，门后有一道光的时候，他的困惑才变得更加复杂。他推开门，试图弄明白什么比光线更让他惊讶——是老人，还是书桌后面的环绕式窗户？透过窗户可以看到远处熙熙攘攘的城市林荫大道和一所大学，树枝交错，让大西洋看上去是另一番模样。

精神失常

老人抬起头。“噢。”他对杰西点点头说，“有那么一刻，”他解释说，“我以为你是一个国家陷入……”

“我是杰西。”杰西说。

“现在我明白了。”

“这是月神唱片公司？”

“是唱片。”

“什么？先生，”杰西很不耐烦地说，“我应该告诉你，为了找到月神唱片公司，我走遍了这个国家的很多地方。”

这位老人显得筋疲力尽。他没刮胡子，剩下的头发也都变白了。“好吧，”他说，“给你。”

杰西说：“我应该警告你，搜寻并摧毁我所能找到的每个恶魔，我没有任何好处，”他手里举起45转/分唱片，“或者可能在其场所或藏有该物品的任何地方。我现在还不想停下来。”

单曲

杰西凝视着他周围的房间。家具都被搞得乱七八糟，一个衣橱被推到了错误的地方。“如果这是月神唱片公司，”他问，“那所有的唱片在哪里？”

“唱片。”

“什么？”

“我不是想惹你生气，”老人说，“但我相信，如果你看一下标签，上面写着‘唱片’，单曲。”

“单曲？”杰西望着45转/分唱片。他在脑海里想了想，最后说道：“你想告诉我月神唱片公司，或者说唱片，只录了一张？”

“看来是这样。”

“那好吧，”杰西摇摇头，“其他的副本在哪里？”

老人朝杰西手中的45转/分唱片点了点头。“就像我说的。只有一张。”

杰西狠狠地盯着这个世界上最默默无闻的作家，尽量平心静气地说：“你是在告诉我，整个月神的录音只是一张唱片的一个拷贝吗？”他又环顾四周，目光在窗外闪烁的灯光上徘徊了一会儿。他慢慢地将手伸向地板上一把翻倒的椅子，把它扶正，坐了上去。好一阵子，两人都没再交谈，直到杰西终于平静地说：“我的确相信这里的生活让我成了一个该死的傻瓜。”

“我知道，”老人也平静地说，“我也是。”

“我错了。”

“对不起。”

杰西把跟随他花了上千小时、跑了上千英里的 45 转 / 分唱片扔到一边。“噢，我想知道现在该干吗，先生。”

作家从自己的椅子上挺直了身子，说：“让我给你看看。”

亲子关系

帕克和齐玛出现在他们父亲的生活中还没多久，他就知道自己的生活中再也没有他们了。死亡的时刻平淡无奇，除非你已经死去足够长的时间来观察死亡的来临并赋予它意义；失去的时刻平淡无奇，除非你已经失去了足够长的时间去感觉到什么正在溜走，并校准它的撤退。不管帕克和齐玛的父亲是不是已经到了每天都与死亡相伴的年龄，他都早已从心理上（如果不是情感上）理解了存在的不稳定性。

当他像女儿那么大年龄的时候——也就是现在女儿和她的哥哥开着父亲的凯美瑞横穿美国的年龄——他母亲的一位朋友一天早上洗澡的时候，发现背上有个肿块，就在脖子下方。六周后，那个女人死了，匆匆离去，帕克和齐玛的父亲永远也不会忘记。尽管他可能只是一个喜欢戏剧化的人，但他诚实地说他几乎每一天都意识到这可能是他的最后一天。

清算之歌

在儿子出生的前一年，帕克的父亲在芝加哥郊外出了车祸。他的车在公路上遇到了大雨，车子在上下班高峰时间的三条车道上飞驰而过，同时莫名其妙地避免了碰撞，然后从公路下了一个小山丘，穿过一片田野，撞进了一片树林，而不是从水泥墙上摔下来，撞到他勉强躲开的所有车辆。不管有没有戏剧性，他都有理由在后来声称自己在这次事件中幸存下来是一种反常现象，就像西部片里一颗锡星挡住了一颗射进元帅心脏的子弹一样。

这位父亲并没有愚蠢或不诚实到说死亡吓不倒他的地步。死亡使他害怕。对它的遗忘，最终会让一个人的某个部分想知道他什么时候醒来——哪怕他的其他部分否认这是他的最后一天。在芝加哥郊外那次险情发生二十年后的一个温暖的冬日早晨，他拿起治疗偏头痛的处方，把帕克送到当地的社区学院，开始为两天后他将要教授的研讨会做准备，而齐玛在车里，下山的唯一目的就是在自动柜员机上取些现金，这样第二天他就可以支付一个月来两次的园丁钱了。

不忠之歌

如果不算车祸的话，齐玛的父亲在世纪之交的柏林至少死过一次。然而，这是一次文学上的死亡，不管文学有多么坚持，它都不一样；文学上的死亡并不平庸，也不能从平庸的悲怆诗歌中得知。因为这一天齐玛已经十一岁了，她的父亲终于让她坐在前排，从六岁起就一直要求她这么做。当他从自动提款机转过来，看到那三个可爱男人的时候，微风拂过他的脸，车窗里传来了“不要解释”的声音，这句话与此刻无关，也与生命如何开始和结束的神秘无关。我很高兴你很坏，歌手对她不忠的爱人唱道，不要解释。

齐玛的父亲一旦意识到发生了什么事儿，就匆匆转向汽车。“爸爸？”齐玛在前排座位上喊道。其中一个年轻人也转过来看。看到那个女孩的时候，他说：“那是你的女儿吗？那不是你的女儿。”父亲对她喊道：“别看。”然后对那些男人说，“她没有看见你们的脸。”女孩从副驾驶座位跳到汽车的另一边。她从驾驶室的门冲进迎面而来的车流——乘坐一架飞机，荒谬地说，她会对永恒感到内疚。吓坏了的父亲大声喊叫，踉踉跄跄地向她走来；三个男人猛地撞上自动取款机，他把双手从脸上移开看着。

这首歌可能是真的，也可能不是真的

令人惊奇的是，齐玛站在林荫大道的中央分隔带回头凝视着。在第二种、第三种和第四种的一连串想法中，在父亲说“走”之前，她朝他走了一步，他认为，她比想象中要平静得多，而且在车流中谁也听不见音量；她走了。在那一刻，最重要的是，比沮丧和痛苦更重要的是，他感受到了甜蜜的忧伤，因为他爱过小女儿，而且知道这是他最后一次见到她，感受到思念她的重要性，这就是永恒的价值。她冲过林荫大道的其他地方，一直往前走，直到她走出他的生活，进入了她自己想象的某种新的沉沦当中，没有人会相信她是自作自受。时隔多年之后，在瓦伦廷教堂的台阶上，她会问自己，当我们需要她的时候，一个梳着灰色马尾辫的女警长在哪里呢？

那些年过后，在离开内布拉斯加州的最后几英里，在开车时睡着的时间刚刚够在一条穿越全国的秘密高速公路上醒来，她的哥哥会被妹妹的悲伤淹没，最后试图告诉她，但没有成功，“这不是你的过错。”他将会听到她的低语，为她从未认识的失去的家庭哀悼，为她从未确信自己属于的已经找到的家庭哀悼，为丢失的身份密码哀悼，为自己尚未破译或尚未透露的秘密信息哀悼。“白人。”十一岁的齐玛回答警察。从自动取款机出来几个小时后，帕克回到了餐桌旁，坐在她的父亲过去常常喋喋不休地谈论立体声和MP3的餐桌前，她那受了打击的母亲隔桌而坐，帕克脸色苍白，怒气冲冲，一言不发。黑人女警察温柔地看着齐玛，等了很久才按下按钮。“你确定吗，亲爱的？”她说，“天很黑。我们……有监控录像，你知道的。拍摄这一切的摄像机。所以也许，”更果断一点，“你错了。也许，”她补充道，“这是你认为你父亲想让你说的话。”在这一点上，齐玛的肤色在她意识到自己新国家的那一刻就变得有意识了，这使她的生活更加神秘。

第 22 音轨和第 23 音轨：《即将发生改变》和《心碎的人会如何》

第一首歌是因为任何一个国家的唱片公司排除了它的存在，第二首歌是，当歌手歌唱的时候，当我走在这片梦碎的土地上的时候，我就会清楚地看到，令他心碎的是他走过的那片土地本身。

第 24 音轨和第 25 音轨：《噢，情人渡》和《噢，索沃伦》

这两首歌都是由曾经生活在 1971 年 2 月 23 日或 2 月 25 日晚上的最著名歌手录制的——尽管还不清楚是在同一个晚上还是在两个晚上——这位歌手在拉斯维加斯的第三次订婚即将结束，这家酒店当时被命名为国际酒店，后来是拉斯维加斯希尔顿酒店。就目前所知，黑胶唱片、唱片或录音带上都没有实际记录，只有在没有视觉材料伴奏的情况下，这些表演才会出现在 YouTube 视频上，但在表演消失之前，这些表演就像它们出现时那样无情而又神秘。除歌手弹奏的钢琴之外，没有其他伴奏。基于令人遗憾的音质，推测这首歌是在 3000 号套房（他的酒店顶层公寓）演奏的，这表明录音机简陋，地毯铺得太多。考虑到这位歌手在第二年发行了一首名为《美国三部曲》的歌曲，这首曲子融合了许多宗教和民族民谣，包括《迪克西》《共和国战歌》和《所有我的审判》——有些令人惊讶的是，这位歌手从来没有致力于更专业文献的、伟大的民族蜕变之歌《噢，情人渡》，这最初是一个来自美国未来的音乐简报，从宽阔的密苏里河传回到十九世纪，根据是谁唱的或在过去两百年里听到它的时间，百首合一：开拓者之歌，帆船之歌，奴隶之歌，邦联之歌，法国商人为他的印度新娘唱的情歌。另一方面，《噢，索沃伦》和《噢，情人渡》一样令人吃惊，似乎显而易见，而且可以说，这是这位歌手录制的最奇怪的单曲，甚至承认了来自《瑜伽就是瑜伽》、

1967年与一位六十五岁的英国女演员的二重唱、1968年《多米尼克阳痿公牛》（哞哞，动动你的小脚，做吧）以及一部被遗忘的电影《远离吧，乔》的强大竞争。就任何历史日志或记录证实的情况而言，没有任何个人、书面证词或任何证人证词的形式表明，这位歌手会以任何方式熟悉世纪末的法国咏叹调，一半是祈祷，一半是恳求，即使对欧洲准古典音乐的涉猎也并非史无前例；十年前退伍后，他把那不勒斯的一首小夜曲改编成了当时他最受欢迎、据说也最得意的唱片，后来又把法国大革命前创作的另一首经典歌曲改编成了一首更伟大的热门歌曲，也换了一个不同的歌名。然而，那不勒斯人的《还是我的太阳》，不仅美国观众已经熟悉（机不可失，时不再来，总统候选人在阳台上自唱，听到它就像雨水从失去的一片天空中纷纷落下），而且在二十世纪四十年代末已被另一位歌手在早期版本中美国化了，而法国的《爱慕之歌》有一种赞美诗般的旋律，让人情不自禁地坠入爱河，令人难以忘怀，从柏辽兹[①]到黑塞[②]，历经几百年的作曲家和作家，都深受启发。另一方面，《噢，索沃伦》——一部来自美国未来的音乐简报被送回二十世纪——在歌手去世后的另一个十年之后才会在美国音乐粉丝中流行起来，然后不是通过歌手的演绎，而是通过一位来自中西部的女性表演艺术家的演绎，她将咏叹调翻译并吸收成一个更大的八分钟的超现实主义音景，这本身就是一个长达八小时的名为《美国》的作品的一部分。这首歌发行二十年后，这位著名歌手在地下录制这首歌三十年后，他的生

① 柏辽兹，全名艾克托尔·路易·柏辽兹（Hector Louis Berlioz，1803—1869），法国作曲家，法国浪漫乐派主要代表人物。代表作有《特洛伊人》《比阿特丽斯和本尼迪克》。

② 全名黑塞·赫尔曼（Hesse Hermann，1877—1962），德裔瑞士作家。代表作有《荒原狼》《玻璃球游戏》《彼得·卡门青》。

活和音乐似乎没有任何东西可以隐藏在地下，同一位来自中西部的表演艺术家在她录制这首歌的同一个城市里演唱这首歌，距离那座城市的世贸中心只有几天的时间和几英里的路程，她唱歌时听到了观众的喘息声，飞机过来了，所以你最好做好准备。不知有史以来最著名的歌手受到他不知道的预言控制，唱出了这个他没有理由知道的咏叹调，还是他决定，或许他也会这么认为，真正的预言依然是《噢，情人渡》(滚走吧，你这滚动的河流)，这是歌手在唱完这首歌之后才能得出的结论，他闭上眼睛，合上钢琴上的键盘，走出套房，乘坐私人电梯下到维加斯大道，走进正在等待他的豪华轿车，然后从后座听到了远处火车的声音。他转向窗户，一时间忘记了自己的另一半只不过是一个曾经蜷缩在厨桌上一个旧鞋盒里的胎壳，就在他母亲生儿子的床边，一时间忘记了他多年来拜访小男孩的所有时间，在图佩洛[①]的普莱斯维尔公墓里，他想知道为什么是他造的，他低声问道："杰西？"他听不到，甚至不确定他是不是希望他的兄弟回答。

现在杰西听到有人在他的耳边说他的名字，就像他的哥哥就站在他的旁边那样。他转过身，凝视着那个平坦的银色台地，台地上方闪耀着一个巨大的灰色球体，他不确定这是一轮日偏食的太阳，还是最明亮的夜晚一轮在遥远地平线上冉冉升起的满月。来自月神唱片公司的老人不见了踪影，那艘屋漏更遭连阴雨的破旧帆船也不见了。杰西面对的只有两个巨大的空坟，被三千个鬼魂的呻吟从民族记忆中传送出来；回望远处的城市，他有一种感觉，那就是他已经不在洛杉矶了，用一句话来说就是，假设他去

① 图佩洛，一座小城，位于美国密西西比州。

过任何一个洛杉矶人都知道的地方，当然，哪怕他有丝毫想法也该死，但他现在已经习惯了，甚至不确定他是不是已经知道这一点。但是，杰西站在那两个巨大的烧焦的洞穴前，在轰隆隆的天空下，在灰烬般的巨大月亮下，他感到自己的身体在往下坠，感觉自己的灵魂倒下，继续前进：他是一个不仅从自己的生活中消失，而且从宇宙存在史上消失的人。他轻轻地对周围的虚无人耳语，声音并不比他哥哥刚才的耳语声大："我的确相信我是有史以来生活在最孤独国家里的最孤独的人。"他凝视着远处，望着身后的大火冒出滚滚浓烟，问道："我做了什么？"但是，也没有人回答这个问题。

飞机过来了，你最好……最后一晚，帕克和齐玛的父亲躺在床上，躺在索纳克旅馆的最后一个房间里，寻找他丢失的歌曲，帕克和齐玛的父亲不再确定这首歌词是他真正听到的，还是不再能像病毒一样从他的脑海中消失。事情并不仅仅是凭空消失的，但现在他唯一能消失的就是他自己剩下的一切；他在黑暗中想起家人，感到自己在顺脸流泪。他把双手举到脸上。他逐渐意识到，变老就像环游世界很长一段时间，你明白最终这并不长，直到童年的海岸再次浮现在视线当中，一个人的思想随着时间的流逝，仅仅伴随着一首歌的回响，而其他一切都陷入了沉默。飞几（机）过来了，所以最好，现在即使这样也消失了，一次一个声音。飞几（机）过来了，所以最好，我们只是自己的X，在自己的地图上标记着那个点。"再见，"他在黑暗中对妻子、儿女耳语，以免为时过晚，"冉（再）见。我爱尔（你）。"

空气。然后像以前一样，
在方向盘后面，帕克

又听到了自己的声音……
醒一醒……然后意识到——
这仅仅是一瞬间、几个小时，
或者几天、几年？
——如果他没有睡着，
那他就不在场了：
他转过身来确认
他的妹妹齐玛依然
坐在他旁边的副驾驶座上，
他意识到，因为在暗影之城
没有出口可以让他们
穿过暗影之乡，
穿过暗影世纪，
也有他记忆中所能听到的最完整的寂静，
不大像一个安静旋涡，
因为即使安静
也有一种存在，
但是在超音速之外的东西：
接着突然秘密公路

彻底消失了。齐玛惊醒。他们回到了双车道的公路上，继续向达科他州的夜幕前进。当他们终于接近崎岖地的时候，齐玛的音乐来回忽闪起来。当她发出刺耳噪音的时候，他从驾驶座上凝视着她，直到她突然问道："你为什么一直盯着我看？"

他转回到路上，回答说："只是确保你没事儿。"

"为什么我不能没事儿？"

他停顿了一下。“你的音乐……”

“我知道。”她低声说道。

“总是关掉。”

“我没事儿。”

“我是说，这不像是某种生命体征或别的什么吧？”

“对。”

“就像监视器连接到医院病人时会变平……”

“我不知道音乐这东西是怎么回事。”

“或者像你的心脏在跳动什么的。”

“我很好。”

“我只是，”他直盯着前面的公路说，“想确定一下。”她望着他，因为尽管帕克用尽量单调的语气和尽量少的感情表达了这一点，但帕克从来没有对她说过这种话。“也许应该看路。”这是她唯一能够想到的回答。

帕克在黑暗中的某个地方意识到自己走错了路。“这不是我以为我们要走的公路。”他对面前一片漆黑的车子说，车前灯不时地照在他的身上。

“我们应该回去吗？”齐玛问。

“我们还在朝着正确方向前进，”他声称，“只是……在正确的方向上走错了路。”

“爸爸总是说你有妈妈的方向感。那意味着我们可以去任何地方。”

“我不知道我们应该回到哪里。”

“感觉就像我们就在……”

“你已经睡着了，你怎么会知道那是什么感觉？”远处是尾灯。“有人。”尾灯越来越近了，当帕克和齐玛的凯美瑞赶上来的时候，很明显，这辆卡车已经偏离了道路——卡车是红色的，上面有赛车的金色条纹，在帕克的前灯照射下，一张保险杠贴纸上写着“美国自救”。齐玛坐起来。“那个人没事儿吧？”

“我不想停下来。”帕克一边继续开车，一边说道。

“我们应该停下来。”她三心二意地争辩道。

帕克停在小公路中间，在座位上转过身，回头看了看一片漆黑中的卡车灯光。“你觉得他没事儿吧？”他问道。

“我们不应该停在路中间，”她回答说，“有人会撞我们的。”

“你就知道叫我停车。这外面没有其他人了。”

“那个人在这外面。”

“操，好吧。”帕克有些生气地说。

“别把这当成我的主意。”

“这就是你的主意。”他让车子转了一圈说。兄妹俩回到卡车旁，把车停下来。卡车驾驶室的灯亮着，司机茫然四顾。“瞧，他没事儿。”帕克说，齐玛没有回答。帕克叹了口气，下了车，让凯美瑞转动着。他在距离卡车几英尺的地方停下来。卡车司机看见他，摇下车窗，两人只是对视了一会儿。“你没事儿吧？”帕克最后问道。

“我开车时睡着了，”卡车上的人说，“只有一秒钟，可是……”他推开门，试图从前座上挪下身来。

帕克动了动，好像要抓住他，但没有抓住。“你需要帮忙吗？”

亚伦摇摇晃晃地倒在地上。“我不知道。”他说，但伸出了手，帕克把他拉起来。亚伦抬起头靠在卡车上。“我想我没事儿。”他心里没底，最后说道。

帕克端详着他。“你有电话吗？想给别人打电话吗？”

“这里打不通手机，至少我的手机打不通。有时候我可以从无线电上听到一些信息。当然，最近没有任何音乐——我没有光盘播放器，但我想甚至他们都不会再播放任何东西了。”亚伦说，“一曲终了，我不知道我刚刚听到了什么。不过，这至少让我保持清醒。”

“你知道这是不是 90 号州际公路吗？我觉得我们拐错弯了。”

“这是 44 号公路。它沿着 90 号公路行驶。”

“你会开车吗？”

“我不知道。但是，我也不知道我能不能把自己的卡车留在这里。”亚伦试图移动，抓住他的肋骨；他屏住呼吸说：“嗯，我想我弄碎了什么东西。”

帕克看着齐玛和车子，深深地呼了口气。

“你需要的话，我们可以带你去个地方，”他说，“你想把它锁起来吗？”

亚伦退缩了一下，慢慢地检查了卡车的驾驶室。“看不到我的钥匙。”

“它们没有在点火装置里吗？”

“没有。”

帕克绕到卡车的副驾驶座一侧，打开车门。“好吧，”他最后说道，“它们不只是消失得无影无踪。”

另一个人盯着他，突然变得比帕克见到他以来更加警觉。“你还相信吗？”

亚伦在车子的后座上坐了十分钟，然后问道：“你听到了吗？”

前排的帕克和齐玛没有回答。从后视镜中，帕克可以看到亚伦表情痛苦地重新站起来，扶着自己的侧边倾听；这条小公路上的车辆开始增多，所有的车辆都是从另一个方向驶来的。“所有的汽车都来自我们要去的地方。”齐玛说。

“你听到了吗？”他们的乘客重复道，“它是……”

“音乐。”她说。

“只是一点点，一点点……所以你的确听到了。”当兄妹俩都没有反应的时候，帕克可以从后视镜里看到亚伦脸上的意识。“你就是她，”亚伦说，“你就是他们。超音速。”

“这是进进出出的。”帕克说。

“所有的交通都朝着另一个方向行驶。”看着汽车驶过，齐玛又说道。

“这不是什么生命体征之类的事儿，”帕克对亚伦解释说，“这不像是心律不齐，她没事儿。”

亚伦看看这个，又瞧瞧那个。“这么说，你们是……”

“兄妹俩。”妹妹说。

“完全正确。”哥哥保证说。

“他们要走了，”亚伦冲那些汽车点点头，对着车窗说，“如果你要去的话，那就再也没有了。”

“双子塔不在那里了吗？”齐玛说。

“我是第一个。”亚伦说。

“你是第一个什么？”

“第一个见到它们，”他尽量平静地说，“我不只是说说而已。新闻上报道了。”

“你是第一个看到双子塔吗？”

“我并不是说我有什么特别的地方。它们出现的时候，我正好在那里。要不是我在密苏里的另一边和希拉·安吵了一架——我甚至不记得是怎么回事了——我就会早五分钟开车到那个地方，当时它们都不在那里。”

“你怎么知道它们不在那里？”齐玛问。

“我们怎么知道它们一直没有在那里？”帕克也问道。

齐玛和亚伦都望着他。有一阵子，车里很安静。“我只是说，”亚伦终于开口说道，“我不知道我刚来时双子塔是怎么出现的。仅此而已。可是，有时候，说实话，我……我觉得，如果我没有看到它们，这一切就不会发生了，”他补充说，“我知道这听起来是多么荒唐。”

“也许，”帕克挖苦地说，“双子塔看到你的保险杠贴纸了。”

“我一直搞不懂保险杠贴纸是什么意思。那么，”亚伦问齐玛，“你有没有想到一首特别的歌，而且出自你的灵感？或者是更随意？有没有出过一首你从来没有听过的歌？”

“我可不是自动点唱机。”她说。

遗弃性出血。它的瞬间在同一时间变成了太多的其他瞬间，而不是由这些瞬间构成的河流。见证者的集体责任在自己的希望和恐怖的重压下纷纷崩溃。在这条黑暗的小公路的某个地方，一大批人拥了出来，逃离的露营者和拖车排成了长蛇阵，帕克和齐玛的车子从他们的身边飞驰而过。

“停车。”齐玛几乎就在亚伦九天前停下来的那个地方说。远处，崎岖地以东地平线上的夜空边缘闪着深蓝色的光，然后闪着银色的光，预示着黎明时分太阳的一道亮光。帕克停下来的时候，他的妹妹下了车。过了一会儿，男人们和她一起出去了。她目瞪口呆地望着北方。亚伦望着她，望着空荡荡的北方风景，又回头看着她。帕克只是望着妹妹，摇了摇头，用敷衍的嘲笑哼了一声，但他还是忍不住微微一笑。“你看到它们了，不是吗？”他问道。

“你看到它们了吗？”亚伦问道。

她转向他们俩。“你看不到吗？”但是，她知道答案，然后又转向她面前巨大的双子塔。

凡是来过双子塔的人都知道，双子塔并不像看上去那么近。在他们和身后的凯美瑞之间，他们穿过风化的岩石的时候，齐玛停下来回头看。她几乎认不出哥哥和亚伦，亚伦依然抓着自己的肋骨，想看看他的手机能不能正常工作，就像第一天下午他把卡车停在路中间给妻子打了电话那样。现在，太阳升起来了，温暖到足以让她继续前进，如果没有其他原因，那就只是溜进了南塔顶的阴影之中。

十分钟后，当她到达那座塔的阴影处的时候，它挡住了足够的阳光，这个时刻，从风景的这个位置，能够比以前看到更多的细节，尽管如此，但她还是发现自己被光线欺骗了——或者她认为是这样。她转身向后看，就像蕾·贾尔丁警长进入南塔的那天下午转身向后看一样，她一只手搭起凉棚，以便在阳光下使劲眯起眼睛，但警长看到的是成千上万的人，齐玛仅仅看到凯美瑞和她的哥哥，几乎看不见其他人，孤零零的，那里少数的掉队者已经走了。她回头望了望塔基，依然能够看到她刚才忽略的东西。

距离双子塔只有几分钟的路程，毫无疑问，在它的底部，在众多扇大门中的一扇里站着一个男人，齐玛越靠近，她就越清楚地认出他不是凡人。再靠近五分钟的距离，她又停下脚步瞅了瞅。

“是你？”她喊道。现在他的头发开始有点儿灰白，脸上也开始有了皱纹，但她仍能从海报上认出他，因为她的哥哥喜欢嘲笑她，她小时候在墙上贴过这些海报。

“不，亲爱的，”杰西回答，声音太小，她听不见，“不是的。”

他不知道自己是怎么回到塔里来的，就像他不知道那天晚上他是怎么从塔顶上消失的一样；当他望向塔顶的时候，它太高了，转眼之间就会倒下来。

“我刚才没有听到你的声音。”她两手掬成喇叭状喊道。

“我刚才说，”他掬着两只手，“我不是他。”

她还在走着。半分钟后，近到可以说话而不用大喊大叫的时候，她说：“你看上去像他。”她差点儿加一句“除了年纪大一些”，但她没有加。

一种她从未见过的痛苦表情掠过他的脸庞。他张开双臂。“根本不会唱给我听。”他笑得伤心极了，“我试过了，可是……”他问，“现在我怎么能发誓此刻我听到了他的声音？我的脑海里是又出现了他的声音，还是你自己收听广播？要么是一种新奇的音乐……”

“是我。”

“是你？”

“是我唱的。”

“那是怎么回事？”

“我都听不到自己的声音了，”她问，“我现在弹的是什么？”

“一是为了钱，两是为了演出。”

停顿了一会儿，她突然大声说道：“我的身上传出的音乐不是我的。”

他点点头。“我的脑海里唱歌的不是我。”他朝她的身后望去，“看上去大家都站起来离开了。据我回忆，那时候那该死的一大群人。”

她解释说：“他们以为你不在这里了。”她指的是那些建筑，用手指着它们。

他看着自己身后的双子塔。“他们曾经以为我在这里吗？”

“他们认为这里什么都没有。我是唯一的一个。”她对暗淡的天空说，“看起来真的要下雨了。我们要进去吗？”

“好吧，亲爱的，双子塔不属于我，所以我想你可以随便。”

齐玛提议说：“你可以和我们一起去。我的哥哥在后面等着呢。”

“我不知道自己属不属于其他地方，我开始怀疑，”杰西回答，“所以我认为也许我应该在这里定居下来。不过，如果你有一分钟的空闲时间，我不介意找个人聊聊。我是说，一个知道我不是那个人却又不那么介意的人。难道我没料到会有人在这个时候跟着我走吗？更不用说一个黑人小姑娘了……”然后，他被吓呆了，悔恨和痛苦交织在一起，恳求道，“唉，真对不起。”

“没关系。”她说。

“我发誓我没有别的意思。”

“我知道。”

“别管我，小姐。我只是个该死的乡下人。”

“好吧。只是别叫我‘小姐’。”

重启之歌

拖车把亚伦接走后，帕克朝着妹妹走的方向而去，大约是他上次见到她的时候，他以为妹妹走得那么远。当她这样做的时候，他停下来回头看看他们的汽车，然后转身扫视着眼前空荡荡的风景，没有任何建筑或人的迹象。他差点儿叫出她的名字，但却没有。他通常可能会担心，但他不会。他知道她会回来，却不知道什么时候回来。回到车里，他打开空调，连续在前座坐了几分钟，还在盯着挡风玻璃，这时候电台突然响起了音乐。

他没有意识到无线电开着。这是自从得克萨斯州以来无线电里传来的第一首音乐，或许他指的是新墨西哥州。他差点儿和印第安女人打架的那家汽车旅馆，那是在……他不记得了，可能是在新墨西哥之前。那时候有音乐吗？他也不记得了。但是，现在无线电播放音乐，这是他不了解的曲调，在等待齐玛的时候，他换了电台，然后又换了个台，而且——现在所有的电台都有音乐——他不停地换台，确信自己迟早会找到他的父亲最喜欢的一首歌。

鸣谢

这个自大狂作家喜欢装模作样，假装自己是单枪匹马在追寻自己的使命，就像文字圣骑士在空白书页中游荡，没有桑丘·潘沙[①]与他的名字相伴，直到他创作了这样一部小说，因为反社会倾向是他成为作家的原因之一。那么，这本书的整个过程——也就是说，不仅仅是构思和写作，还有后来发生的事情——都会比他写的任何其他作品更痛苦，原因和方式可以在以后或从其他人的身上讲述出来。在有些人看来，仅仅承认是不够的，尽管这会让人感到棘手，因为这会打开大门，让我想起每一位亲密的朋友、伟大的交往和曾经向我示好的好心人，但如果我把自己局限在对这本书产生直接影响的人身上，我希望他们会理解，他们中有几个我从来没有见过，还有一两个我不认识，如果他们轻拍我的肩膀，我也许会不认识他们。这一切都发生在我生命中因不安全感而动荡的时刻。这部作品诞生于神奇的四个月里，从2013年12月的一个早晨开始，那是一个神秘的联邦快递的信封，那个信封里装着一份救生礼物（如果他正在阅读，他就知道自己是谁），到第二年4月底是一个知名家庭基金会打来的惊人电话。这些捐助者还包括给我提供工作场所的慷慨主人，教我如何思考和写作的生动灵感以及慷慨的拥护者，他们借给这本书宝贵的时

① 桑丘·潘沙，西班牙作家塞万提斯《堂吉诃德》中的重要人物，堂吉诃德的忠实侍者。

间，给予关注，并为它付出了宝贵的时间和精力，他们是：迈克尔·文图拉；迈克尔·西尔弗布拉特；里克·穆迪；乔纳森·莱瑟姆；乔安娜·斯科特；基特·拉赫利斯；杰弗里·莫斯科维茨；理查德·鲍尔斯；格雷尔·马库斯；彼得·古拉尔尼克；苏珊·斯特朗；道格·艾特肯；史蒂夫·德贾纳特；凯瑟琳·泰勒；娜娜·格雷戈里；亚历克斯·奥斯汀；汤姆·卡森；约翰·鲍尔斯；弗雷德·科恩；安东尼·米勒；布鲁斯·鲍曼；我的日语译者柴田元幸和《恶作剧》的员工，其中小说的一小部分原本是以另一种形式出现在页面上的；兰南基金会，我对他们的感激之情至今难以言表；大卫·罗森塔尔、坎迪·扎博斯基和蓝色骑士的伟大人物，他们对本书的热情从一开始就没有受到两极分化和愚蠢行为的影响，这有别于其他出版商；还有我的经纪人梅兰妮·杰克逊，她半辈子前在我身上冒了一次险，当时有些人不明白这一点，而在其他人仍不明白这一点的情况下，她始终这样做，直到大功告成。最后，还有我的家人。他在餐桌上茫然地凝视着，在开车时愤怒地内心激愤，在接到不幸的电话后情绪崩溃，噢，在法律上或血缘上与一个作家有血缘关系是多么悲哀。我们可以假装这个家庭是为了文学，但更好的猜测是他们爱我，看在上帝的分上，这个自负的作家想知道，这是为了什么？我的妻子萝莉、我的孩子迈尔斯和西兰奇，还有我的母亲乔安娜，他们不仅促成了这本书，而且他们就是这本书，因为几乎所有读过这本书的人都能够认出来，不管他们认不认识我。